L'île perdue d'Atlantide

ŒUVRES DE PHILIP ROY EN FRANÇAIS
PUBLIÉES PAR RONSDALE PRESS

Youpi en vacances (2020)

Un rebelle en sous-marin (2019)

Un ami pour Youpi (2019)

Les contes de Youpi (2018)

Youpi et ses bonbons (2018)

L'île perdue d'Atlantide

Philip Roy

TRADUIT DE L'ANGLAIS PAR :
Tanjah Estelle Karvonen

RONSDALE PRESS

L'ÎLE PERDUE D'ATLANTIDE

RONSDALE PRESS
3350 21e Avenue Ouest, Vancouver, C-B, Canada V6S 1G7
www.ronsdalepress.com

Mise en page : Julie Cochrane, en Minion 12 pt sur 16
Illustration et conception de la couverture : Nancy de Brouwer, Alof!i Graphic Design
Papier : 'Enviro' respectueux des forêts anciennes — à 100 % déchets post-consommation, complètement sans chlore et sans acide

Ronsdale Press tient à remercier les organismes suivants pour leur soutien à leur programme d'édition : le Conseil des Arts du Canada, le Gouvernement du Canada, le Conseil des Arts de la Colombie-Britannique et la province de la Colombie-Britannique par l'intermédiaire programme du crédit d'impôt pour l'édition en Colombie-Britannique. Nous reconnaissons l'aide financière du gouvernement du Canada par l'entremise du Programme national de traduction pour l'édition du livre, une initiative de *la Feuille de route pour les langues officielles du Canada 2013–2020 : éducation, immigration, communautés*, pour nos activités de traduction.

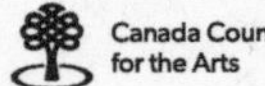

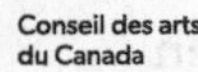

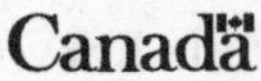

Catalogage avant publication de Bibliothèque et Archives Canada

Titre : L'île perdue d'Atlantide / Philip Roy ; traduction par Tanjah Estelle Karvonen.
Autres titres : Journey to Atlantis. Français
Noms : Roy, Philip, 1960– auteur.
Description : Traduction de : Journey to Atlantis.
Identifiants : Canadiana (livre imprimé) 20190138998 | Canadiana (livre numérique) 20190139048 | ISBN 9781553805991 (couverture souple) | ISBN 9781553806004 (HTML) | ISBN 9781553806011 (PDF)
Classification : LCC PS8635.O91144 J6914 2020 | CDD jC813/.6—dc23

Imprimé au Canada par Marquis Imprimeur, au Québec

pour Petra

REMERCIEMENTS

Un grand merci à Ron et Veronica Hatch pour exiger de moi rien de moins que l'excellence. Ce livre est bien meilleur qu'il l'aurait été, grâce à leur examen minutieux et leurs précieuses suggestions. Merci aussi à ma femme Leila (à mon chat, Fritzi) et à mes enfants incomparables : Julia, Petra, Thomas, Julian et Eva. Vous êtes les vrais trésors de ma vie. J'aimerais aussi remercier mes bons amis : Chris, Natasha et Chiara, ma sœur Angela et ma mère bien-aimée, Ellen, pour avoir supporté mes crises et mes frustrations.

L'île perdue d'Atlantide

Chapitre un

LA LÉGENDE SE PERD dans la nuit des temps.

Il y a trente-cinq mille ans, la mer a avalé une île à la culture riche et puissante. Elle l'a tirée au fond des mers avec tous ses habitants et tout ce qu'elle contenait. Tout a disparu en un seul jour, sans aucune trace. Maintenant, tout le monde se demande si l'île a vraiment existé. Mais l'on n'a jamais cessé d'en parler. Ce n'est pas logique. Pourquoi les gens continueraient-ils de parler de quelque chose qui n'a jamais existé ? Alors, j'ai pensé que oui, ça avait probablement existé. Puis, j'ai pensé… eh bien, je vais la trouver, cette île.

Je me suis réveillé avec une mouette sur le ventre. Quand elle m'a vu ouvrir les yeux, elle a commencé à sauter d'une patte à l'autre en me dévisageant.

« Que veux-tu, Algue ? »

Hollie était sur mon lit, lui aussi. Il déchiquetait le manche en caoutchouc d'un marteau en de minuscules morceaux tout mouillés. Il devait y travailler depuis des heures. Ce duo à plumes et à poils était mon équipage : une mouette et un chien. L'hiver dans la remise à bateaux avait été long et ils avaient hâte de regagner la mer.

Moi aussi j'avais hâte de partir en mer.

J'ai donné à manger à l'équipage et suis descendu au premier étage. Et là, suspendu au plafond, comme une baleine hissée d'un aquarium, il y avait mon sous-marin. Deux jours plus tôt, Ziegfried avait appliqué la dernière couche de peinture ultra-sophistiquée et glissante pour le rendre cinq pour cent plus performant en réduisant la résistance dans l'eau. Ziegfried, maître-inventeur et génie du bricolage, avait raison environ quatre-vingt-dix-neuf pour cent du temps.

Sa plus récente obsession était de rendre le sous-marin plus rapide. Cette obsession nous avait tenus occupés pendant tout l'hiver. On avait installé un nouveau moteur diesel plus puissant, plus de batteries industrielles et une nouvelle hélice avec un couple plus puissant et agressif. Maintenant, avec cette nouvelle couche de peinture bleu noir et avec le nez de dauphin que Ziegfried avait soudé à la proue, le sous-marin ressemblait plus à un mammifère marin qu'à un sous-marin. Aujourd'hui, à peine quelques jours après mon quinzième anniversaire, il serait finalement remis à l'eau. Je ne tenais plus en place.

Mais je devais contrôler mon enthousiasme. Neuf fois sur dix Ziegfried trouvait quelque chose d'autre à tester et le relancement du sous-marin était de nouveau retardé. Je devais calmer les papillons dans mon ventre en espérant que ça ne se produirait pas aujourd'hui.

Il y avait des voix dehors. Deux portes ont claqué sur le camion. C'était Ziegfried et mon grand-père. Quand l'océan avait gelé au mois de décembre et que les bateaux de pêche avaient été hissés hors de l'eau et mis sur des planches pour l'hiver, mon grand-père nous avait surpris en venant nous rejoindre dans la remise à bateaux. Il était juste arrivé un jour, sans nous demander quoi faire, et avait commencé à travailler.

Bientôt, on se demandait comment on avait fait sans lui. Plus d'une fois j'ai vu Ziegfried, un des hommes les plus grands et les plus forts de Terre-Neuve, passer un contenant de colle dont il ne pouvait pas dévisser le couvercle à mon grand-père, un homme beaucoup plus petit, mais avec des mains plus grandes, et il dévissait le couvercle comme s'il s'agissait d'un jouet d'enfant. Il remettait le contenant à Ziegfried, qui le prenait gracieusement. Mon grand-père ne disait jamais un mot pendant qu'on travaillait. Ziegfried parlait constamment, lui, marmonnant à lui-même surtout, comme s'il pensait à voix haute.

Mais les deux hommes travaillaient côte à côte en harmonie. Et moi, j'étais leur assistant. Je courais chercher des outils, je lamais les bords de coupes de métal, je tenais des lampes pour éclairer le sous-marin, je préparais du thé. Une fois que le sous-marin serait de retour dans l'eau, tout cela changerait. Je serai de nouveau le capitaine.

Mais, pour l'instant, je n'étais pas le capitaine. Quand ils sont entrés dans la remise à bateaux, je venais juste de me réveiller et mon grand-père fronçait les sourcils. Lui, c'était un lève-tôt. J'avais appris que ses froncements de sourcils n'étaient pas aussi graves qu'ils ne le paraissaient. En fait, je commençais à me rendre compte que son comportement sévère, le fait d'avoir l'air désapprobateur tout le temps, n'avait rien à voir avec moi. Il était comme ça. C'est tout. J'avais l'habitude de me réveiller tard parce que je travaillais la nuit dans le sous-marin. L'équipage aussi.

Mon grand-père a vite scruté la passerelle autour du sous-marin. Heureusement, je l'avais balayée avant de me coucher. Tout de même, il a encore froncé les sourcils. Ziegfried a levé la main pour toucher un des câbles qui tenaient le sous-marin en l'air. Il a regardé fixement l'eau en dessous. Il a respiré profondément et a poussé un gros soupir. C'était un soupir qui en disait long. Je l'ai imité parfaitement et j'ai attendu les paroles qui allaient sortir de sa bouche.

« Eh bien… je suppose… »

Il s'est arrêté et j'ai retenu mon souffle.

« Je suppose… »

« Y a une tempête qui s'en vient », a averti mon grand-père.

De tous les moments que choisissait mon grand-père pour parler, j'aurais préféré que ce ne soit pas celui-ci.

« Ils n'ont pas mentionné de tempête à la radio », a dit Ziegfried, respectueusement.

« Elle vient tout de même », a coupé mon grand-père.

Ziegfried a encore poussé un gros soupir. La décision était la sienne. Même s'il respectait mon grand-père, il n'allait pas se laisser influencer par la méthode superstitieuse de prévoir la météo d'un pêcheur.

« Je pense qu'il est prêt pour un test en mer. Pourquoi pas l'emmener vers l'île de Saba ? Ça te prendra deux ou trois jours. Je peux aller jusqu'à la côte dans mon camion, prendre un bateau depuis la côte avec tout ce dont tu auras besoin pour le voyage et te rencontrer là-bas. Tu pourras me dire comment tout fonctionne et si le sous-marin est prêt pour le grand voyage. Qu'en dis-tu ? »

J'avais envie de crier de joie, mais je me suis retenu. J'étais dans la remise à bateaux avec deux des personnes les plus inquiètes et prudentes de toute la province de Terre-Neuve.

« Ça me semble être une bonne idée » ai-je dit, aussi calmement que possible. « Puis, quand on se rencontrera chez Saba, je pourrai te dire comment fonctionne le sous-marin. »

Je savais que je répétais ce qu'il venait de dire, mais j'étais trop excité pour penser à autre chose.

On a mis le sous-marin à l'eau et on l'a libéré de ses câbles. La coque fraîchement peinte reluisait comme un bonbon à la gelée noir. C'était magnifique. Je suis monté dans le sous-marin, puis j'ai entendu un aboiement pitoyable venant de la passerelle et je suis ressorti pour ramasser Hollie et l'amener dans le sous-marin avec moi. Algue a suivi de près, tapant de son bec le portail avant de sauter dans le sous-marin comme un ramoneur, comme à son habitude.

Mon sous-marin mesurait plus de six mètres de long et deux mètres et demi de haut à l'extérieur, avec le kiosque qui ajoutait un autre mètre. À l'intérieur, c'était une autre histoire. En me tenant debout dans la cabine de cèdre et de pin, j'avais à peine cinq centimètres de libre au-dessus de la tête. Avant, j'en avais plus de dix, mais je grandissais. En étirant mes bras, je pouvais tout juste toucher aux deux murs du bout des doigts.

La forme ovale de la coque, moins le bois et l'isolant, les machines sous le plancher et au-dessus du plafond, en plus des compartiments à la poupe, me laissaient un espace d'un peu moins de cinq mètres par deux. Je pouvais donc m'étirer, mais je devais faire attention à ne pas me cogner la tête à la proue et à la poupe. Si je me tenais directement en dessous du kiosque, ça me donnait beaucoup plus de place et surtout un sentiment d'espace, ce qui était bienvenu pendant une longue période de temps submergé.

J'avais aussi installé une barre à travers l'intérieur du kiosque pour pouvoir faire des tractions et j'étais rendu pas mal bon maintenant. Parfois même, je m'y agrippais juste pour me balancer.

Malgré le fait qu'on avait remplacé le moteur et qu'on avait ajouté de nouvelles batteries, on les avait mises dans des compartiments séparés et étanches dans la poupe. L'espace principal dans le sous-marin était donc resté plus ou moins de la même grandeur qu'avant. Le vélo stationnaire était toujours au centre, mon lit suspendu était en arrière et le panneau de contrôle avec les moniteurs pour le sonar et le radar en avant. Le périscope était suspendu à tribord du panneau de contrôle. Je devais me tourner sur le côté pour passer.

Le hublot d'observation, dans le plancher de la proue, était aussi le même, sauf que la couverture bien-aimée de Hollie, qui était pas mal effilochée, avait été remplacée par une jolie courtepointe que ma grand-mère avait tricotée exprès pour lui.

Eh bien, ça n'a pas fonctionné du tout. Hollie a ramassé la nouvelle couverture avec ses dents, l'a transportée à la poupe et l'a déposée soigneusement devant la porte du compartiment du moteur, là où on gardait sa boîte à litière. Puis, il a pleurniché jusqu'à temps que j'aille dans le loft chercher sa vieille couverture dans une boîte et que je la remette à sa place. Il l'a arrangée avec ses pattes pour qu'elle soit parfaite, puis s'est couché dessus. Algue s'est reposé à sa place habituelle de l'autre côté du hublot d'observation. Il s'est assis bien tranquillement comme le Bouddha et a observé avec intérêt le petit chien et ses chichis avec la couverture.

Ça ne nous a pas pris longtemps pour nous préparer à notre voyage de trois jours. J'étais prêt en moins d'une heure. Mais Ziegfried a senti le besoin de monter à bord pour passer à travers une liste de contrôle. À l'intérieur du sous-marin, il devait s'accroupir comme un géant dans un bus.

« Quand tu seras en mer, Al, fais des tests visuels du sillage du sous-marin, d'accord ? Je veux savoir si les changements qu'on a apportés l'empêchent de maintenir son cap. Le sous-marin ne sera pas plus rapide s'il fait des arcs dans l'eau. »

« D'accord. »

« Fais les mêmes tests sous l'eau et surveille la jauge de profondeur de près. Vérifie s'il y a une déviation verticale ou horizontale. »

« D'accord. »

Il a froncé les sourcils et s'est frotté le front. « Ce sont des tests qu'on ne peut pas faire avant d'être dans l'eau. »

« Je sais. Ne t'inquiète pas. Je les ferai tout de suite. »

J'étais bien content qu'on ne puisse pas faire tous les tests dans la remise à bateaux, sinon je n'irais jamais en mer. Il a vérifié sa liste.

« Carburant ? »

« Oui, c'est bon. »

« Huile ? »

« J'en ai. »

« Air ? »

« J'ai fait le plein. »

« Eau ? »

« Même chose… j'ai fait le plein. »

« Nourriture ? »

« Une semaine de nourriture fraîche. Deux semaines en réserve. »

Ziegfried savait tout ceci, mais il était prudent et précis. Il n'oubliait jamais une étape dans la préparation d'un voyage.

Quand il disait qu'un vaisseau était prêt pour partir en mer, il l'était.

Une fois les préparatifs terminés, je suis sorti sur la passerelle debout entre les deux hommes dans ma vie. Il n'y avait aucun moyen de repayer leur générosité. J'essayais de temps en temps, à ma façon, mais ils ne voulaient rien entendre.

« Rapporte un autre trésor », a plaisanté Ziegfried.

« Oui, certain ! »

« Y a une tempête qui s'en vient », a répété mon grand-père en secouant la tête. Il a tendu la main et a pris ma main dans la sienne, la recouvrant complètement.

« Attends », a dit mon grand-père. « J'ai quelque chose pour toi dans mon camion. »

Il est sorti et est revenu avec un grand étui en bois. « Je voulais te donner ça depuis longtemps. »

Il a mis l'étui par terre et l'a ouvert. J'étais vraiment choqué. Ziegfried aussi.

« Le monde est plein de dangers. Si tu vas t'aventurer aussi loin que je le pense, tu devrais peut-être avoir ça avec toi. Je n'en ai plus besoin. »

Mon grand-père a soulevé un long fusil de chasse et me l'a donné. J'étais si choqué que je ne savais pas quoi lui dire. Je n'avais jamais tiré avec un fusil.

« Hmmm… merci, Grand-père. C'est un magnifique cadeau. »

« Oh, ce n'est rien. Je ne m'en sers plus et, qui sait, tu en auras peut-être besoin un jour. »

Je l'ai remercié aussi chaleureusement que possible et ils sont partis. Un moment plus tard, Ziegfried est revenu en vitesse, tout seul.

« J'ai oublié quelque chose, Al », a-t-il dit avant de prendre le fusil de chasse de mes mains. « C'est un grand honneur que ton grand-père t'a fait en te le donnant comme ça. »

Il a regardé le fusil et, tout à coup, il a eu un drôle d'air. Puis, le fusil a glissé de ses mains dans l'eau à côté du sous-marin. On l'a regardé disparaître sous l'eau.

« Oh, quel dommage ! », a dit Ziegfried. « Eh bien, je suppose que c'est pour le mieux. C'était un vieux fusil de toute façon. Et une chose est sûre, Al, quand il y a un fusil dans les environs, quelqu'un se fait tirer dessus. Fais un bon voyage. Je te verrai dans quelques jours chez Saba. »

Debout, je l'ai regardé partir. J'avais besoin d'un peu de temps pour réfléchir à ce qui venait de se passer. Ce n'était pas pour rien que je mettais ma vie entre ses mains.

Ça ne m'a pas surpris que Ziegfried et mon grand-père ne soient pas restés pour me voir partir. Leur travail était fait. C'était leur façon de me dire que c'était à moi maintenant et ça, c'était important. Si j'avais besoin de quelqu'un pour m'aider à partir en mer, je n'avais rien à faire à partir en mer.

J'ai grimpé dans le sous-marin, j'ai fermé la trappe et j'ai laissé l'eau entrer dans les réservoirs de ballast. On a commencé à plonger. Un courant m'est passé par le corps. J'ai mis les batteries en marche et j'ai senti les vibrations de la nouvelle hélice qui passaient par le plancher. C'était exaltant.

J'ai allumé le sonar et j'ai surveillé le moniteur de près pendant que je manœuvrais le sous-marin entre les rochers escarpés. C'était un des endroits les plus isolés le long de la côte nord de Terre-Neuve. Tout de même, j'ai utilisé le moteur pendant un kilomètre avant de remonter à la surface. Je ne voulais pas que quelqu'un découvre l'endroit où le Rebelle en sous-marin hibernait.

À un kilomètre au large, on a fait surface et j'ai ouvert la trappe. Algue est sorti, a regardé tout autour et s'est lancé dans le vent. Quelle image familière ! J'ai souri. Hollie aboyait furieusement en bas. Je l'ai monté et on s'est penchés contre la trappe ouverte. On a respiré l'air frais du large. Quel bonheur d'être de nouveau en mer.

Il y avait quelques nuages, un vent constant, mais aucun signe de tempête. La météo n'avait pas fait mention d'une tempête. Étrange. Je me demandais si mon grand-père était trop vieux pour prédire la météo.

Il n'était pas trop vieux.

Chapitre deux

LE SOUS-MARIN était en effet plus rapide. Je le voyais juste en le sentant couper l'eau. Il avait plus de puissance, moins de résistance et le nez le plus rapide de la mer. Ce n'était pas exactement un dauphin, mais trois ans auparavant ce n'était qu'un vieux réservoir d'huile, avant que Ziegfried l'ait transformé. Maintenant, après deux ans et demi de génie, de dévouement et de travail ardu, c'était un vaisseau rapide et sophistiqué, vraiment puissant et discret. J'en étais vraiment très fier.

Mais la vitesse est relative. Un voilier moyen avance à une vitesse de sept nœuds. Un nœud représente un mile nautique à l'heure. Un mile nautique est un peu plus long qu'un mile terrestre : 1,15 fois la distance. Un cargo typique peut aller à une vitesse maximale d'environ vingt nœuds, mais il ne le ferait jamais parce que ça brûlerait trop de carburant et coûterait trop cher. La plupart des cargos vont à la moitié de cette vitesse.

Les sous-marins à propulsion diesel-électrique, utilisés pendant la Seconde Guerre mondiale, pouvaient atteindre jusqu'à vingt-cinq nœuds à la surface, mais moitié moins en plongée. Les sous-marins nucléaires modernes sont beaucoup plus rapides, atteignant des vitesses de presque cinquante nœuds sous l'eau! Ça, c'est comme un aéroglisseur ou bien une voiture sur l'autoroute! C'est incroyable! La vitesse maximale de mon sous-marin était de quinze nœuds à la surface et seulement la moitié en plongée.

Mais la vitesse en surface est compliquée. Il faut faire les calculs. Si on allait à une vitesse de quinze nœuds mais contre un courant de trois nœuds, qu'il y avait une grosse houle et qu'on montait et descendait les vagues comme sur une montagne russe et que le vent était contre nous, alors notre vitesse actuelle mesurée depuis la terre serait peut-être seulement de six ou sept nœuds.

Et si je pédalais contre un courant fort, on pourrait aller à reculons sans même s'en rendre compte! Au contraire, si on avançait avec le courant, avec le vent derrière et qu'on suivait un autre navire de près, dans son sillage, on pourrait alors faire plus de vingt nœuds.

J'ai fait les tests de visionnement que j'avais promis à Ziegfried. La mer était assez calme pour révéler notre sillage sur une distance d'un tiers de kilomètre derrière nous. J'ai fixé un cap pour aller tout droit, j'ai mis mon harnais et je suis sorti par le kiosque avec une règle en main. Le vent soufflait mes cheveux dans mes yeux. J'ai levé la règle à mes yeux, j'ai tenu le côté de la règle contre la ligne dans l'eau et j'ai surveillé l'eau pour essayer de détecter des déviations ou des virages.

Il n'y en avait pas. On suivait notre cap droit comme une flèche.

J'ai fait les mêmes tests en plongée en surveillant la jauge de profondeur et en suivant une image du fond marin sur le sonar. Il n'y avait aucune variation dans notre cap. Ziegfried serait très heureux de l'apprendre.

On est restés submergés pendant un peu plus d'une heure et, en remontant à la surface, j'ai été surpris de découvrir que le vent s'était levé. Il soufflait de l'est, ce qui était inhabituel. J'ai de nouveau vérifié les prévisions de la météo. Il y avait mention de vents plus forts, mais toujours pas de tempête.

Une heure plus tard, les vents étaient encore plus forts et les vagues devenaient de plus en plus hautes. Ça prend environ deux heures de vents constants pour créer de grandes vagues. J'ai décidé d'appeler Ziegfried à la radio à ondes courtes pour partager les résultats des tests de visionnement, mais il ne répondait pas. J'ai escaladé le kiosque pour scruter l'horizon à l'est avec des jumelles. Pas de tempête en vue. D'accord, mais je commençais à sentir quelque chose comme un pressentiment. Je ne savais pas pourquoi. Était-ce tout simplement parce que mon grand-père l'avait prédit ?

Afin de tester notre vitesse maximale, j'ai fermé le moteur

et j'ai laissé le sous-marin dériver. Puis, j'ai mesuré notre dérivation contre l'image du fond marin sur le sonar. Le courant était de deux nœuds. En suivant le courant, mais contre le vent, j'ai poussé le moteur au maximum et j'ai surveillé le sonar en sillonnant les eaux. En un rien de temps, on a atteint notre ancienne vitesse maximale de quinze nœuds. Puis, on était rendus à seize nœuds, à dix-sept, à dix-huit… à dix-neuf, à vingt… à vingt-et-un nœuds !

On est restés à vingt-et-un nœuds pendant quelques minutes, puis on a encore accéléré… vingt-deux nœuds… vingt-trois ! J'ai escaladé le kiosque pour regarder dehors. À vingt-trois nœuds, le sous-marin fendait l'eau comme un requin. Les vagues se divisaient également derrière nous. C'était très excitant. J'ai regardé dans le ciel pour m'assurer qu'Algue nous suivait toujours. Eh oui. Il faudrait aller beaucoup plus vite pour dépasser une mouette en vol.

En soustrayant deux nœuds pour le courant, notre nouvelle vitesse maximale était de vingt-et-un nœuds. Ça c'était la vitesse à laquelle je pouvais aller en vélo sur une route plate. Ça signifiait aussi qu'on allait vingt-cinq pour cent plus vite qu'auparavant. Ziegfried serait très heureux.

Maintenant, je devais tester notre vitesse sous l'eau. Mais cette-fois-ci, je voulais qu'Algue reste à l'intérieur avec nous. J'ai brandi une tranche de pain en l'air et il a plongé du ciel comme un éclair. Il a amerri à côté du sous-marin, a sauté sur le kiosque et s'est secoué. Puis, il a attrapé la tranche de pain et il est descendu dans le sous-marin.

J'ai surveillé l'horizon une dernière fois. Je me demandais

si je ne voyais pas une masse grise au loin. Ou bien, était-ce seulement mon imagination ? Surveiller la mer pendant longtemps pouvait jouer des tours à nos yeux. C'est justement ça que les oiseaux de mer faisaient si bien. Algue pouvait distinguer une boussole d'un biscuit à une distance d'un demi-kilomètre, par une belle journée.

J'ai fermé la trappe, j'ai rempli les réservoirs et on a plongé à 30 mètres, bien en dessous du courant en surface. Je me suis préparé une tasse de thé, j'ai mangé quelques biscuits et j'ai donné des biscuits pour chiens à mon équipage. C'était une règle incontournable dans le sous-marin : on ne mangeait jamais seul. Ce serait très impoli en présence d'un chien et d'une mouette.

Il y avait seulement deux façons de propulser le sous-marin quand il était submergé : par les batteries et par les pédales sur le vélo. Le volume d'air requis par le moteur le rendait impossible à faire fonctionner sous l'eau. Après un arrêt complet, j'ai engagé les batteries, je me suis assis au moniteur de sonar et j'ai suivi notre parcours le long du fond marin. Le sous-marin a avancé et a atteint graduellement sa vitesse maximale en plongée. Quelle surprise ! Elle était de seize nœuds !

Ça, c'était plus vite que notre ancienne vitesse maximale à la surface. Ça m'a révélé que le nouveau nez et la peinture glissante avaient plus d'impact que le nouveau moteur. J'avais hâte de raconter tout ça à Ziegfried. Mais, en premier, je voulais tester ma nouvelle vitesse à vélo.

Ziegfried avait connecté les engrenages d'un vieux vélo de randonnée à l'arbre de transmission du sous-marin. Je pouvais, en pédalant simplement, faire tourner l'hélice. Mais ça n'allait pas très vite. Peut-être à la vitesse d'un canot. Au moins elle était silencieuse. Les engrenages du vélo et l'arbre de transmission étaient si bien lubrifiés que je ne faisais presque aucun son quand je pédalais, chose importante quand on essaie d'échapper à certains navires qui nous écoutent peut-être.

Aussi, puisque j'étais plus fort que quand j'avais sorti le sous-marin pour la première fois il y a un an, on avait ajouté cinq autres engrenages au vélo. On avait aussi ajouté une nouvelle hélice. Je suis monté sur le vélo et j'ai commencé à pédaler. J'ai commencé avec les vieux engrenages et puis j'ai enchaîné avec les nouveaux. Ça a pris toute ma concentration, mais j'ai continué assez longtemps pour faire accélérer le sous-marin jusqu'à cinq nœuds.

C'était difficile et je transpirais beaucoup ! Tout de même, cinq nœuds étaient deux fois plus vite qu'avant. C'était une grande amélioration. J'avais hâte de le dire à Ziegfried. J'ai fait surface une autre fois pour l'appeler, mais la tempête était arrivée.

J'ai écouté la radio.

« Environnement Canada a annoncé des conditions météorologiques extrêmes. Tous les plaisanciers sont priés de ne pas partir en mer jusqu'à nouvel ordre... »

Mon grand-père avait eu raison. Comment il avait pu le

savoir avant tout le monde était un mystère pour moi. Eh bien, le plaisir de voyager en sous-marin était qu'on pouvait plonger sous la tempête et ne même pas savoir que la tempête faisait rage à la surface. Je voulais simplement vérifier une chose d'abord. La radio continuait les annonces.

« … trois bateaux de pêche portés disparus. La garde côtière va lancer une mission de sauvetage une fois que la tempête se sera calmée… »

Zut ! C'était déjà fait. Trois bateaux de pêche étaient perdus. La garde côtière ne pouvait pas les chercher avant que le pire de la tempête soit passé. Mais ce serait trop tard. « Pouvais-je faire quelque chose pour aider ? » me demandais-je. Je pouvais aller en plein cœur de la tempête. C'était un des avantages d'un sous-marin. Je l'avais déjà fait, mais retrouver quelque chose de perdu en mer était comme marcher dans le désert avec un détecteur de métal. On pouvait chercher pendant des jours et des jours sans rien trouver.

Cependant, je devais essayer.

Ils étaient partis de Deadman's Bay, selon la radio, mais la tempête les aurait faits dériver. Je connaissais bien la région et on était à moins d'un jour de leurs dernières coordonnées. J'ai donc mis le cap sur ces coordonnées et j'ai mis le moteur à fond. C'était peu probable que je trouve les trois bateaux, mais peut-être que j'en trouverai un.

Treize heures plus tard, j'en ai trouvé un. Mais c'était pire que je l'avais prévu.

Chapitre trois

IL Y AVAIT DEUX hommes dans le bateau. Ils étaient accroupis ensemble et attachés au bateau avec une corde. Ils avaient dû tout jeter par-dessus bord pour empêcher leur bateau de couler. Ça semblait avoir fonctionné puisque le bateau refusait de couler même s'il était rempli d'eau. L'un d'entre eux tenait l'autre, qui semblait être sans vie. Et il l'était bel et bien.

J'ai vu un homme lever le bras quand je me suis rapproché. Il était faible. La tempête a poussé le sous-marin contre le bateau plusieurs fois, mais je n'y pouvais rien. J'ai gardé mon harnais bien attaché et j'ai lancé la bouée de sauvetage de toutes mes forces, sans succès malheureusement. Il y avait trop de vagues pour bien lancer la bouée et le survivant était trop faible pour se détacher de toute façon.

Je suis rentré dans le sous-marin pour chercher une autre

corde. S'il ne pouvait pas venir à moi, je devais aller à lui. Si je laissais la trappe ouverte, le sous-marin serait inondé et coulerait, mais l'interrupteur automatique fermerait la trappe et, une fois que les pompes auraient enlevé assez d'eau, dans environ quinze minutes, le sous-marin remonterait à la surface.

Si j'étais attaché au sous-marin alors qu'il coule, je me noierais. Si je n'étais pas attaché au sous-marin, je perdrais probablement le sous-marin de toute façon parce que la tempête l'emporterait. Alors, je devais m'éloigner du sous-marin avec la corde et je devais fermer la trappe derrière moi. Ce n'était pas très réconfortant.

Je n'avais jamais vu une personne morte et j'étais un peu malade à cette pensée, mais il n'y avait pas de temps pour y penser. Je devais m'étirer, couper la corde pour libérer l'homme en vie, fixer la bouée de sauvetage autour de sa tête et le tirer jusqu'au sous-marin. Une fois rendu au sous-marin, j'ouvrirais la trappe et je l'aiderais à entrer. Ça, c'était mon plan. Si seulement ça avait pu être aussi simple que ça.

J'ai attaché un bout de la corde à la poignée du kiosque, je suis monté avec la bouée de sauvetage et j'ai fermé la trappe. Une vague a déferlé contre moi et j'ai dû retenir mon souffle. Je ne pouvais pas comprendre comment l'homme dans le bateau de pêche avait survécu aussi longtemps. J'ai sauté dans son bateau, qui était rempli d'eau, gardant les yeux fixés sur la corde. Si les vagues séparaient nos deux vaisseaux, la corde m'arracherait du bateau. Je devais agir vite.

« Je dois couper la corde pour vous libérer ! » ai-je crié au pêcheur. « Est-ce que vous comprenez ? »

Il m'a regardé et a levé le bras faiblement. Je ne pensais pas qu'il pouvait parler. Je lui ai fait un signe de tête.

« Je vais couper la corde pour vous libérer ! »

Les deux hommes étaient attachés ensemble, mais le survivant avait un bras autour du cou de son compagnon. Je savais que ce dernier était mort à cause de la façon dont il flottait. Il n'y avait pas de doute. La seule chose qui m'importait était de garder l'autre en vie. Quelle différence pouvait bien faire une tempête pour un mort ? Et ça ne me dérangeait pas de laisser l'homme mort dans la mer. Mais ça dérangeait beaucoup son compagnon. Quand j'ai coupé les cordes et que j'ai placé la bouée de sauvetage autour de sa tête, je ne pouvais pas détacher son bras de son compagnon.

« Il faut le lâcher ! » ai-je crié. « On doit y aller… maintenant ! »

Mais il ne le lâchait pas. Il m'a regardé avec une telle tristesse dans les yeux. Je me sentais tellement mal pour lui, vraiment, mais je savais qu'il fallait partir immédiatement. La corde était très tendue et le sous-marin allait m'emporter dans quelques secondes.

« Je suis désolé ! » ai-je crié et j'ai fait ce que je devais faire, ce que les sauveteurs devaient faire quand ils étaient aux prises avec une victime qui paniquait. J'ai donné un coup de poing au bras du pêcheur et j'ai passé la bouée de sauvetage autour de son corps. Il a essayé de se débattre, mais il était trop faible. Le sous-marin s'est séparé et nous a tirés tous les deux du bateau. Je l'entendais pleurer.

« Ça va aller ! » ai-je crié. « Je vais revenir le chercher ! »

Je ne pouvais pas croire ce que je venais de dire. L'idée de tirer un corps sans vie dans le sous-marin ne me plaisait pas du tout, mais je me sentais tellement mal pour le pêcheur.

Il était sans force. Les vagues nous ont tirés sous l'eau plusieurs fois et son corps est devenu tout flasque, mais il était encore conscient quand je nous ai tirés assez près de la rampe du sous-marin. C'était très difficile pour moi. Tout ce que je voulais était d'entrer dans le sous-marin, reprendre mon souffle et plonger.

Ouvrir la trappe a été facile, mais tirer l'homme à l'intérieur m'a été presqu'impossible. Il ne pouvait bouger ni ses bras ni ses jambes et je devais faire tout pour lui. Puis, une fois que je l'ai introduit dans le kiosque, il a glissé et est tombé à l'intérieur. Je me sentais tellement mal. J'essayais, j'y mettais toutes mes forces, mais il était plus grand et, surtout, beaucoup plus lourd que moi. J'ai sauté à l'intérieur, l'ai tiré de l'eau qui entrait et j'ai mis un oreiller sous sa tête. Il était encore conscient. Il essayait de me dire quelque chose.

« S'il vous plaît… »

« Qu'est-ce que c'est ? »

« S'il vous plaît… mon frère… »

J'ai fait oui de la tête.

« Oui, je vais le chercher. Je vous le promets. Attendez ici. »

Alors je suis ressorti. J'ai attaché une corde plus longue,

j'ai sauté dans la mer et j'ai nagé jusqu'au bateau. Ça me dérangeait moins maintenant de voir le corps. J'étais tellement occupé. J'ai coupé les cordes et j'ai passé la bouée de sauvetage par-dessus sa tête et ses épaules. Puis, j'ai attaché la corde du sous-marin qui passait à travers mon harnais à sa bouée de sauvetage. Je ne me sentais pas assez fort pour le transporter au sous-marin, alors je l'ai tiré derrière moi. Mais il a commencé à couler. Si le sous-marin n'avait pas baissé d'un côté, je n'aurais jamais pu le hisser.

La chose la plus difficile a été de glisser son corps dans le sous-marin, les pieds les premiers, puis les bras et la tête. Je l'ai descendu à l'intérieur avec la corde enroulée autour du kiosque et puis je l'ai laissé glisser petit à petit. Enfin, j'ai sauté dans le sous-marin, j'ai fermé la trappe et je me suis dirigé vers le tableau de contrôle. On a plongé jusqu'à 30 mètres. Je soufflais tellement fort que je voyais des points noirs. J'avais mal au dos. J'avais mal aux bras. La peau de mes mains était brûlée par les cordes. Maintenant, j'avais deux passagers dans mon sous-marin et l'un d'entre eux était mort.

Le pêcheur vivant a commencé à vomir. Je me suis précipité vers lui pour tourner sa tête et l'empêcher de s'étouffer dans son vomi. De grandes quantités d'eau sont sorties aussi. Ça ne m'a pas surpris qu'il ait avalé beaucoup d'eau salée. C'était probablement dans ses poumons aussi. Il avait besoin de soins d'urgence. Tout ce que je pouvais faire, c'était de me diriger vers la côte le plus rapidement possible. Mais il fallait rester submergés. On ne pouvait pas endurer plus de ravages causés par la tempête. C'était probablement aussi la manière la plus rapide pour éviter toutes les vagues. Pourquoi est-ce que je n'avais pas écouté mon grand-père ? Mais, si je l'avais écouté, ces deux hommes seraient morts.

Je l'ai recouvert avec des couvertures pour le mettre le plus à l'aise possible. Puis, j'ai tourné mon attention vers l'équipage. Hollie semblait nerveux d'avoir des passagers à bord et donc je l'ai laissé s'installer sur mes genoux pour grignoter quelques biscuits pour chiens. Après quelque temps, je me suis retourné pour voir Algue, qui était debout sur le cadavre.

« Va-t'en, Algue ! » ai-je crié, mais il s'est contenté de me regarder. Je me suis dit que les mouettes étaient probablement très à l'aise avec les cadavres de noyés.

Selon mes calculs, on était à environ deux heures de la côte. La tempête était trop forte pour rencontrer la garde côtière, à moins que ce soit dans une baie abritée, qui serait probablement trop loin. J'ai pensé contacter la Gendarmerie royale du Canada et leur demander d'amener une ambulance. Mais où est-ce que je pourrais les rencontrer ? Dans la tempête, c'était presque impossible de leur dire où on allait accoster.

Quand j'ai deviné qu'on était à environ une heure de la côte, j'ai fait surface, j'ai allumé la radio et j'ai fait l'appel. La tempête ne s'était pas calmée et mes passagers roulaient sur le sol. Il y avait plein de parasites à la radio. Je ne savais pas trop comment m'identifier à part avec le nom que les gens m'avaient donné l'année précédente.

« Je suis le Rebelle en sous-marin. Je demande une ambulance pour deux pêcheurs. L'un des deux est mort. Fin de transmission. »

« … GRC… répétez… répétez le message… identifiez… position… »

« Je suis le Rebelle en sous-marin. J'ai avec moi deux victimes de la tempête. Je fais le tour du cap Freels. Je ne suis pas sûr. J'arrive dans une heure. Fin de transmission. »

« … sous-marin… accoster ?… ambulance… tempête… fin de transmission. »

« Pouvez-vous allumer un projecteur ? Je peux lire le code Morse. Fin de transmission. »

« C'est entendu… projecteur… ambulance… combien de morts ? Fin de transmission. »

« Deux victimes. Une est morte. Fin de transmission. »

En arrivant près de la côte, j'ai aperçu des lumières, mais aucune qui clignotait en code. On était trop au nord ou peut-être trop au sud ? En regardant mes cartes de navigation, j'ai deviné que c'était trop au sud. Alors j'ai dirigé le sous-marin vers le nord et, contrairement à toutes mes expériences en sous-marin, j'ai allumé les projecteurs puissants et je les ai dirigés vers la côte, puis j'ai remonté la côte en espérant que les autorités nous verraient.

Trente minutes plus tard, ils nous ont vus. La GRC nous a rencontrés dans une baie abritée, avec un zodiac. Même si la baie était protégée, la mer nous brassait comme de la pluie dans un seau. J'ai vu quatre véhicules avec leurs phares allumés au-dessus du quai. Trois agents sont venus à notre rencontre. Ils portaient des gilets de sauvetage orange vif et ils avaient un mégaphone. Il y avait deux hommes et une femme. Un homme nous a fait signe de la main tandis que la femme nous a parlé avec le mégaphone.

« Y a-t-il des blessés ? » a-t-elle demandé.

J'ai fait oui de la tête et j'ai levé une main.

« Des morts ? » a-t-elle demandé.

J'ai de nouveau fait oui et j'ai levé l'autre main. À l'approche du bateau, j'ai remarqué que la femme était jeune et semblait nerveuse. Un des hommes a souri quand je lui ai offert ma main pour l'aider à monter sur le sous-marin.

« Alors, c'est toi le Rebelle en sous-marin ? » a-t-il demandé.

Il a regardé le sous-marin et a secoué la tête. Il ne semblait pas très intéressé par le fait que je transportais un passager blessé et un autre mort.

« C'est pas mal petit. Comme ça, tu vas en mer avec ça ? »

« Ouais. »

J'étais nerveux parce que je savais que mon sous-marin n'était pas légal. Et s'ils me disaient de l'attacher au quai juste là ? Que ferais-je ? J'espérais qu'ils ne diraient rien. Soudain, l'expression sur son visage a changé.

« OK, mon gars. Montre-nous les passagers. »

« Hmm… on ne peut pas tous rentrer », ai-je dit. « Et ils sont trop lourds pour pouvoir les sortir moi-même. On a besoin d'utiliser un harnais et une corde. »

J'ai brandi mon harnais.

« Non », a-t-il dit. « Laisse-moi voir. »

« D'accord. »

Je me suis agrippé à la trappe et j'ai échangé un sourire nerveux avec la femme dans le bateau. Son partenaire est entré dans le sous-marin pour y jeter un coup d'œil. Il a sorti la tête et a fait quelques signes de main aux agents dans le bateau et la femme a parlé dans sa radio.

Le transfert des victimes a semblé prendre une éternité. Il a fallu les sortir sur une civière, une à la fois. Le pêcheur blessé est sorti en premier. Je ne pensais pas qu'ils pourraient passer la civière par le kiosque, mais ils l'ont fait. Ils l'ont amené à une ambulance qui est partie immédiatement. Puis, ils sont revenus pour le pêcheur mort.

Le moment critique pour moi a été quand ils avaient enlevé le cadavre et qu'ils avaient tous quitté le sous-marin. C'était ma chance de me sauver. Personne ne m'avait dit de rester ou de me présenter quelque part. J'ai regardé la camionnette de police s'en aller. Puis, les trois agents sont retournés dans leur bateau et se sont dirigés vers moi. Oh là là ! Jusqu'à présent je n'avais rien fait d'illégal, mais que ferais-je s'ils me disaient de rendre mon sous-marin sur-le-champ ? Et si je refusais ?

Soudain, je me suis senti paniqué. Je n'aimais pas m'échapper comme ça, surtout qu'ils avaient été gentils avec moi, mais je ne pouvais pas risquer de perdre mon sous-marin. J'ai regardé le bateau de police qui s'approchait. Un des agents m'a fait signe de la main d'attendre. J'ai levé la main en signe d'au revoir gentil. Puis, je suis rentré dans le sous-marin, j'ai fermé la trappe, j'ai glissé sous la surface et j'ai disparu.

Chapitre quatre

L'ÎLE DE SABA n'était pas beaucoup plus grande qu'un terrain de soccer. C'était juste un rocher en fait, dissimulée au bout d'une minuscule chaîne d'îles dans la baie de Bonavista. Elle avait une petite baie sur le côté continental, où je pouvais attacher le sous-marin, hors de vue. L'autre côté donnait sur l'Atlantique tempétueux. Le chalet de Saba était protégé du vent par des rochers sur trois côtés. Le côté ouvert, tout en fenêtres, lui offrait une vue spectaculaire du lever du soleil et, selon elle, de navires fantômes, de sirènes, de matelots morts et d'autres créatures fantastiques du fond de la mer. En vérité, elle n'avait jamais affirmé avoir vu des sirènes à Terre-Neuve, seulement les avoir entendues.

Saba était la personne la plus chaleureuse et intéressante

que j'avais jamais rencontrée et j'adorais lui rendre visite. Elle était grande et svelte avec de longues boucles de cheveux roux qui cascadaient sur ses épaules et sur son dos, comme de minuscules coquillages. Elle portait des robes aux couleurs vives et beaucoup de bijoux. Elle regardait droit dans les yeux quand elle parlait et ses yeux, verts comme ceux d'un chat, étincelaient de joie. S'il existait de bonnes sorcières qui utilisaient la magie pour le bien, c'était Saba.

Et peut-être qu'elle était sorcière. Je n'étais jamais complètement sûr. Elle vivait avec environ trois douzaines d'animaux : des chiens, des chats, des oiseaux, des chèvres, des lézards et des serpents. C'était un vrai zoo. Les animaux sautaient sur les visiteurs en premier, puis ils se calmaient. Du moment que ça ne te dérangeait pas d'avoir une perruche sur l'épaule, un chat sur les genoux et une chèvre qui te mordait les cheveux, tu ne remarquais même pas qu'ils étaient là.

Puisqu'elle vivait dans un endroit caché par le brouillard la plupart du temps, elle avait mis au point un système d'éclairage miraculeux qui illuminait son chalet même par les jours les plus sombres. Sa cuisine avait un jardin hydroponique à l'année longue. Elle y cultivait des tomates, des poivrons, des oignons, des oranges, des citrons, des épinards, des champignons, de l'ail, des fines herbes, des fleurs et toutes sortes de plantes dont je n'avais jamais entendu les noms, qu'elle mettait dans ses tisanes. Elle préparait des thés quelque peu magiques qui affectaient ton humeur. Tu ne savais jamais à quoi t'attendre et elle ne te le disait pas.

J'ai amarré le sous-marin au rocher, je suis sorti avec

Hollie dans les bras et j'ai salué Algue de la main, qui est resté sur le sous-marin. Il y avait trop de « monde » sur l'île de Saba pour Algue.

« Surveille le sous-marin, Algue. »

Saba avait l'air très soulagée de me voir.

« Oh, Alfred ! Dieu merci, tu vas bien ! »

Elle a jeté ses bras autour de moi pour me faire un gros câlin. Elle avait environ 15 centimètres de plus que moi.

« Bonjour, Saba. Oui, tout va bien. Pourquoi pas ? »

« Parce que j'ai lu tes cartes il y a deux nuits et elles ont dit que tu serais en danger hier. Étais-tu en danger hier ? »

« Eh bien… »

« Tu étais en danger ! Je le savais ! Mais tout va bien maintenant ? »

« Oui, tout va bien. »

« Parfait ! »

Elle a claqué les mains. « Viens prendre du thé. Fais attention où tu mets les pieds. Ziegfried est toujours en train de faire des réparations. Il sera ici demain. Oh, Alfred, je suis tellement contente ! Mes deux hommes seront de nouveau ici ensemble ! »

J'aimais comment Saba m'avait appelé un « homme ». Elle me traitait toujours en adulte.

Le thé sentait la réglisse. Une chèvre aux yeux tristes furetait au coin du poêle à bois et était sur le point de se faire brûler les moustaches.

« Édouard ! » a crié Saba. « Ce thé n'est pas pour toi. »

Édouard m'a regardé. J'ai haussé les épaules. Saba s'est assise en face de moi et a pris mes mains dans les siennes, puis elle m'a regardé droit dans les yeux.

« Alors, dis-moi ce qui s'est passé. »

« Je ne sais pas… Ça a commencé il y a deux jours avec un sentiment étrange. »

« Un pressentiment ? »

« Peut-être. C'était un sentiment très noir. »

« Que quelque chose de terrible allait se passer ? »

« Oui. Quelque chose comme ça. »

« C'est bien, Alfred. Il faut faire confiance à ces sentiments. »

Elle a versé le thé. J'avais appris à boire son thé sans lait. « Il ne faut pas gâter la passion d'une fleur avec le sous-produit du ventre d'une vache », disait-elle.

« Quand on a fait surface, il y avait une grosse tempête. »

« Oui, je sais. La pire depuis des années. Et puis ? »

« Eh bien, la radio a annoncé qu'il y avait trois bateaux de pêche perdus dans la tempête. »

« Alors, tu es parti à leur recherche. »

« Oui, mais deux d'entre eux avaient déjà coulé. »

« Comment le savais-tu ? »

« Je les ai vus sur le sonar plus tard. »

« Au fond de la mer ? »

« Non. Un bateau était à 60 mètres et l'autre à environ 23 mètres. Ils coulaient lentement. »

« C'est horrible ! Et puis ? »

« J'ai trouvé deux pêcheurs dans le troisième bateau. »

« Vivants ? »

« Un était en vie et l'autre… »

Je sentais un poids dans ma poitrine. Mes émotions se sont écrasées comme des vagues sur la plage et j'ai commencé à pleurer. J'ai couvert mon visage.

« Oh, Alfred ! Laisse tes larmes venir. C'est bon pour toi. Les larmes sont la pluie du cœur. Il faut laisser tomber la pluie de ton cœur sinon le reste de ton corps s'assèchera et mourra. »

Je me suis essuyé les yeux.

« C'est gênant. Je ne pleure jamais. »

« Mais il faut pleurer ! Tout le monde pleure. Ziegfried pleure chaque fois qu'il voit un nouveau chaton. »

J'ai rigolé. C'était bien vrai. Ziegfried pleurait aussi facilement qu'une petite fille. J'ai essuyé les larmes de mes joues et j'ai continué.

« Je ne me rendais pas compte à quel point cela m'avait affecté. »

« Mais bien sûr ! C'était terrible ! Alors, un des pêcheurs était toujours en vie et l'autre était mort ? »

Chaque fois que j'essayais de parler, ma poitrine était très lourde et j'avais les larmes aux yeux. J'ai respiré profondément. J'ai remarqué que Saba pleurait avec moi. Elle pleurait beaucoup, elle aussi.

« Il m'a dit qu'ils étaient frères. »

Elle a de nouveau pris mes mains et elle les a secouées doucement.

« Est-ce que tu es triste parce que tu as pu seulement sauver un des deux frères ? C'est ça qui te trouble ? »

J'ai de nouveau respiré profondément. Ma poitrine était plus calme maintenant.

« C'est juste que si j'étais arrivé plus vite, j'aurais pu les sauver tous les deux. Il était trop tard pour les sauver tous les deux. Il a pleuré quand j'ai dû le séparer de son frère. »

« Oh, Alfred ! C'est tragique, mais tu lui as sauvé la vie ! »

« Je sais. Mais je me sentais tellement mal parce que j'ai dû les séparer. »

« Alors tu as laissé le frère mort à la mer ? »

« Non, j'avais promis que j'irais le chercher lui aussi et donc je suis retourné au bateau. »

« Et tu l'as mis dans ton sous-marin et tu l'as amené à la côte lui aussi ? »

« Oui. »

« Oh, Alfred ! C'était si courageux ! Maintenant son esprit ne hantera pas la mer. »

J'ai pris une gorgée de mon thé. Elle a rempli ma bouche de la saveur de réglisse et mon esprit a flotté vers une forêt sombre et couverte de brouillard, une forêt que je n'avais jamais visitée. C'était paisible et mystérieux en même temps. Tout ce qui touchait à Saba était paisible et mystérieux.

« Maintenant, dis-moi Alfred ce que tu aimerais faire. Où veux-tu aller ? »

« Je veux partir explorer. »

« Explorer où ? »

« Eh bien… »

« Oui ? »

« Il y a quelque chose que j'aimerais chercher. »

« Et qu'est-ce que c'est ? »

« Ça te semblera peut-être un peu ridicule puisque ça n'existe peut-être pas. »

Saba m'a regardé dans les yeux et c'était comme si elle pouvait lire mes pensées.

« Dis-moi. »

Eh bien, si je ne pouvais pas le dire à Saba, à qui est-ce que je pourrais le dire ?

« Je veux chercher l'île perdue d'Atlantide. Mais je sais qu'elle n'existe peut-être pas. »

Elle s'est assise tout droit et un grand sourire a illuminé son visage.

« C'est parfait ! »

« Tu penses que c'est une bonne idée ? »

« C'est absolument parfait, Alfred. Depuis des milliers d'années, les gens attendent que quelqu'un trouve l'île perdue d'Atlantide et maintenant, c'est toi qui vas la trouver. Je suis si heureuse ! »

« Mais je ne suis même pas sûr qu'elle existe vraiment. C'est peut-être juste une légende. »

« Bien sûr qu'elle existe ! Elle attend que ton sous-marin la redécouvre. Personne ne l'a encore trouvée parce que personne n'en a eu les moyens, ni la détermination. C'est ton destin, Alfred. Oh, et quel beau destin ! »

Je ne pouvais pas m'empêcher de sourire comme un chat du Cheshire.

« Eh bien, Jacques Cousteau l'a cherchée en submersible. »

« Est-ce qu'il vivait dans son sous-marin ? Est-ce qu'il voyageait de par le monde comme toi tu le fais ? »

« Non. »

« Eh bien ? »

Saba était incroyable. J'étais tellement chanceux de connaître quelqu'un comme elle.

Chapitre cinq

LE CHALET DE SABA a tremblé sous les pieds de Ziegfried qui est entré avec un réservoir d'eau sur une épaule et une grosse caisse de fruits sur l'autre. Il apportait aussi des sacs de nourriture pour chiens, des graines pour les oiseaux, des boîtes de nourriture, de la farine, du sucre, du miel, des raisins secs, du savon, du diesel et beaucoup d'autres choses qui pourraient servir à une traversée transatlantique. Ziegfried était déjà au courant de mes plans pour chercher Atlantide et il était entièrement d'accord avec Saba. Il était presque toujours d'accord avec ce que pensait et disait Saba. Il la respectait du fond de son âme.

« Là où il y a de la fumée il y a du feu, Al », a-t-il dit. « Et Atlantide a fait beaucoup de fumée, c'est sûr. »

Il n'avait jamais dit qu'il y croyait, juste que ça vaudrait la peine de la chercher. Il ne croyait pas aux sirènes non plus, mais il n'aurait jamais voulu contredire Saba, qui était absolument convaincue que les sirènes existaient.

« Mais, Al, tu étais encore aux nouvelles. Ils ont dit que tu as ramené deux pêcheurs. Est-ce que c'est vrai ? »

J'ai fait signe que oui.

« Et un seul était en vie ? »

J'ai de nouveau fait signe que oui de la tête. J'avais peur qu'il me pose encore plein de questions comme l'avait fait Saba. Ç'avait déjà été assez pénible avec elle.

« Alors tu as transporté un cadavre dans le sous-marin ? »

J'ai fait un troisième signe de la tête, puis Saba est venue à ma rescousse.

« OK, vous deux, ce ragoût ne se mangera pas tout seul. Et ces scones frais non plus. »

« Seigneur Dieu ! » a déclaré Ziegfried. « Des scones frais. On a dû faire quelque chose de bien pour mériter tout ça ! »

Il a mis sa main sur mon épaule en passant.

« Tu es définitivement l'homme le plus brave que j'aie jamais rencontré, Alfred. C'est la vérité pure et simple. »

J'ai haussé les épaules. Il me semblait que ça m'avait pris moins de courage pour sauver les pêcheurs que d'en parler plus tard.

Pendant que Ziegfried faisait des réparations au chalet, je lisais des cartes, des diagrammes et des livres. Mon plan était de traverser l'Atlantique, de m'arrêter aux Açores le long de la route, puis de tourner vers le sud une fois rendu à la côte du Portugal. J'irai aussi loin que Gibraltar, puis j'entrerai dans la mer Méditerranée.

Une fois dans la Méditerranée, j'explorerai sérieusement, surtout autour des îles grecques, même si les Açores étaient aussi considérées, selon certaines légendes, comme un site possible de l'île perdue d'Atlantide. L'Amérique du Nord était aussi un site potentiel, mais j'avais du mal à croire que l'île perdue d'Atlantide pouvait se situer au large de Terre-Neuve. Saba pouvait le croire, elle.

« La Renaissance a commencé », a dit Saba, « quand les gens ont commencé à fouiller dans leur arrière-cour. »

J'ai regardé Ziegfried. Il faisait oui de la tête comme un enfant.

« Oui, mais ça c'était en Italie, en Europe », ai-je dit, « pas à Terre-Neuve. »

« Tu ne sais jamais, Al », a dit Ziegfried, « avant d'aller regarder. Que te disent tes instincts d'explorateur ? »

Ça, c'était un excellent point. Je devais y penser. Puisque j'avais grandi à Anse aux Ténèbres, un tout petit village de pêche, j'avais toujours entendu dire que tout ce qui était excitant se passait ailleurs et souvent très loin. Si je suivais les traces d'Atlantide, il n'y en avait pas beaucoup à Terre-Neuve. C'était vrai que les Vikings avaient probablement accosté ici et qu'ils avaient enterré des matelots ici. Il y a des gens qui disaient que les Irlandais étaient venus très tôt eux aussi. Mais tout ça, c'était il y a des milliers d'années après la disparition d'Atlantide. Et de toute façon, tu ne pouvais pas vraiment creuser dans ton arrière-cour si ce n'était que de la roche. Mes instincts d'explorateur me disaient de partir en mer et de chercher ailleurs.

On transporterait trois mois de provisions avec nous et on en achèterait aussi en cours de route. Ziegfried et moi, on avait pris rendez-vous quelque part où il faisait chaud dans quelques mois. On avait pensé peut-être en Crète. Il m'a dit qu'il avait toujours voulu aller en Grèce.

Et donc, j'étais occupé à lire les cartes, les diagrammes et les livres sur les courants des océans et sur la topographie de la mer. Il y avait aussi des livres d'histoire et de géographie à examiner, puisqu'il y avait des choses spécifiques à chercher comme, par exemple, des épaves de navires, des trésors, des temples submergés et, bien sûr, des villes submergées. Je dévorais ces livres avec une passion qui étonnait Ziegfried lui-même.

« Imagine si ton prof d'histoire pouvait te voir maintenant, hein, Al ? »

J'ai levé la tête du livre. « Je n'étudie pas. Je cherche des indices. Ces livres renferment des indices. »

« Je ne sais pas », a-t-il dit, avec un grand sourire. « Il y a des gens qui diraient que c'est la même chose, étudier et chercher des indices. »

« Ce n'est pas la même chose. »

« D'accord. C'est toi l'expert. En fait, qui était ce peuple qui vivait en Crète avant les Grecs ? »

« Les Minoens. »

« Est-ce que c'étaient eux qui vénéraient le taureau et qui ont construit ce labyrinthe incroyable ? »

« Ouais. »

« Oh. D'accord. Merci. C'est bien de l'apprendre de quelqu'un qui est si bien informé. »

« Je n'étudie pas. »

« Je sais. Je sais. »

Ziegfried voulait parler de la tempête après que Saba soit allée se coucher. Cela ne m'a pas surpris. Il avait seulement peur d'une chose : se noyer. On a parlé tout bas pendant qu'on s'installait dans nos sacs de couchage devant la grande baie vitrée. Hollie s'est installé confortablement à mes pieds.

Chats et chiens s'étaient éparpillés dans la chambre mais, au cours de la nuit, ils se sont rapprochés de nos sacs de couchage et presque tous ont fini par s'installer sur Ziegfried. Les chèvres étaient restées dehors et Algue aussi, le plus robuste de tous les animaux.

« Comment était le sous-marin dans cette tempête ? » a demandé Ziegfried.

« Très bien. Les changements ont beaucoup aidé. Il est beaucoup plus vite. »

« Combien plus vite ? »

« Vingt-et-un nœuds. »

« C'est fantastique ! Et sous l'eau ? »

« Seize nœuds. »

« Vraiment ? »

« Ouais. »

« Et le vélo ? »

« Cinq nœuds, en pédalant à plein. »

« D'accord. Et comment était ton sillage ? »

« Parfaitement droit. »

« C'est bien. Et le moteur… plus bruyant ? »

« Oui, un peu, mais ça ne me dérange pas. Ça semble plus sécuritaire. »

Je savais que c'était ce qu'il voulait entendre.

« C'est bien. Très bien. »

Il a fait une pause.

« Alors, est-ce qu'il y a eu pas mal d'eau dans le sous-marin ? »

« Oui… pas mal. Mais les pompes ont bien fonctionné. Toutes mes affaires sont restées sèches. »

« C'est bien. »

Il a fait une autre pause.

« Alors, dis-moi comment tu as réussi à tirer ces deux pêcheurs dans le sous-marin, tout seul, surtout que l'un d'entre eux n'était même plus en vie ? »

« Je ne sais pas. J'ai juste fait ce que je devais faire, c'est tout. Les cordes m'ont brûlé les mains. »

« J'ai remarqué. »

« Le tangage du sous-marin m'a beaucoup aidé. »

« Je peux bien le croire. C'est une chance que tu n'aies pas complètement renversé le sous-marin. Mais le fait que l'un des deux pêcheurs était déjà mort, ça ne t'a pas découragé, Al ? »

« Pas vraiment. J'avais promis que je retournerais chercher

son frère. Quand j'y pense, c'est bien différent de ce que c'était pendant le sauvetage. J'ai tout simplement fait ce que je devais faire. Un point c'est tout. On a comme une énergie surnaturelle. »

« Eh bien, c'est ce qu'ils disent. Cependant, je ne peux pas l'imaginer. Il me semble, Al, que tu es fait pour cette vie en mer, plus que la plupart des gens que je connais. Tout ce que je peux dire, c'est que si jamais moi je suis en difficulté en mer, je vais prier que ce soit toi qui viennes à ma rescousse. Bonne nuit, Al. »

« Bonne nuit. »

Ziegfried avait une façon de me faire croire que j'étais un héros d'au moins trois mètres de haut.

Chapitre six

ON A QUITTÉ L'ÎLE de Saba le 1er juillet, le jour de la fête du Canada, juste après minuit. La mer s'étendait devant moi comme un champ infini. On n'aurait jamais cru que c'était la même mer qui avait fait couler trois bateaux de pêche et où des pêcheurs s'étaient noyés. Saba et Ziegfried sont venus nous souhaiter bon voyage avec des câlins, des larmes et quelques derniers conseils. J'avais tout entendu auparavant. « Si jamais tu es en difficulté, fais demi-tour et rentre à la maison. »

Hollie, Algue et moi, nous nous sommes empilés dans le sous-marin. Avec toute la nourriture dans les coins et la nourriture fraîche suspendue au plafond : pain et biscuits, oranges, bananes, tomates, raisins, sacs de maïs soufflé, on n'avait presque plus de place. Une grande partie de cette nourriture serait consommée dans l'espace d'une semaine ou deux, mais c'était bien de commencer un voyage avec beaucoup de nourriture fraîche.

On a fait le tour de l'île et on s'est retrouvés en pleine mer. On avait déjà navigué sur l'Atlantique avant, mais on ne l'avait jamais traversé. Tout à coup, ça semblait plus grand. À 350 kilomètres au large, on dépasserait le bord du plateau continental où, tout à coup, le fond marin passait de 150 mètres à quelques kilomètres. Si jamais le sous-marin plongeait à 150 mètres, il n'y aurait aucun problème, mais si on plongeait à plus d'un kilomètre, on serait écrasés comme une crêpe. Quitter le plateau continental, c'était un peu comme partir dans l'espace dans une fusée.

Hollie s'est vite installé à sa place près du hublot d'observation mais, soudain, Algue a préféré le siège du vélo. Ça devait être un truc d'oiseau, chercher un endroit plus élevé ou quelque chose comme ça. Ça ne me dérangeait pas, sauf que, si je voulais pédaler, je devais l'expulser du vélo et il n'était pas très content.

« Tire-toi, Algue, ou bien pédale. Si tu vas pédaler, tu peux rester aussi longtemps que tu veux. »

Je suis monté sur le vélo. Pédaler pendant dix heures allait générer environ deux heures de charge dans les batteries, et cela aiderait, mais on n'en avait pas vraiment besoin pour l'instant. Je voulais pédaler pour faire de l'exercice aussi.

Algue a sauté du siège et a pris sa place en face de Hollie et l'a dévisagé comme un vautour. Hollie s'est couvert la face avec ses pattes.

« Arrange-toi pour te trouver une place confortable, Algue, on a une longue route à faire. »

Notre premier arrêt serait les Açores, un petit groupe d'îles au milieu de l'Atlantique et un site possible de l'Atlantide. La légende disait que l'Atlantide était soit près de Crète, dans la mer Méditerranée, soit quelque part au milieu de l'océan Atlantique. Tout cela dépendait de la façon dont on traduisait les anciens écrits de Platon. C'est comme un problème de mathématiques où il faut multiplier par 10 ou par 1 000 selon notre compréhension de la question. Mon intuition me disait que l'Atlantide se trouvait plus près de l'île de Crète. Mais si l'île perdue était au fond de l'océan, personne ne la trouverait de toute façon.

Les Açores appartiennent au Portugal et se situent à environ 2 222 kilomètres de Terre-Neuve, à vol d'oiseau. Dans une mer houleuse, avec du vent et du courant, elles se situent peut-être plutôt à 3 700 kilomètres. Le Portugal est 1 300 kilomètres plus loin encore. En tenant compte de la météo et du temps nécessaire pour dormir et pour les arrêts inattendus, on devrait atteindre les Açores dans un peu plus d'une semaine, si on pouvait les trouver.

Saba avait suggéré que j'écoute les stations de radio portugaises et espagnoles en route pour aligner nos esprits avec l'atmosphère de ces pays. J'ai essayé d'écouter, mais je ne pouvais pas faire la différence entre le portugais, l'espagnol, l'italien et le grec. Ziegfried m'avait dit que je saurai que c'était de l'espagnol si j'entendais beaucoup de guitare. Alors, j'ai essayé. C'est allé pendant un bout de temps, mais après quelques heures de guitare et de voix en espagnol uniquement, Algue semblait agité, alors j'ai changé de poste. Hollie s'en fichait visiblement, mais Algue préférait les sons de Terre-Neuve.

À quinze heures de la côte, on s'approchait du bord du plateau continental. Le fond marin était à 200 mètres et je pouvais sentir qu'il y aurait bientôt une chute de profondeur. Depuis nos 15 premières heures en mer, on n'avait pas entendu un seul bip sur le radar. C'était un peu bizarre. Ça me donnait l'impression qu'on était le seul vaisseau en mer, mais je savais que ce n'était pas vrai.

Maintenant, avant de passer dans des eaux beaucoup plus profondes, où le sous-marin serait comme une puce à la surface d'une piscine, j'ai pensé dormir un peu. Hollie et Algue pouvaient dormir n'importe quand, mais moi je devais arrêter le sous-marin si je voulais dormir. Je plongerai à 60 mètres, en dessous des navires qui passaient ou du courant à la surface, je fermerai tout sauf le sonar et je monterai dans ma petite couchette suspendue toute douillette.

J'avais confiance que je me réveillerai s'il y avait un bip sur le sonar, ce qui se produirait seulement si un autre sous-marin passait tout près, chose peu probable. Quelle était la chance d'une rencontre entre deux puces dans une piscine?

De toute façon, selon la loi de la mer, et pour la toute première fois depuis qu'on avait mis le sous-marin à l'eau, on avait un statut légal. À une distance de 22 kilomètres de la côte, selon la convention des Nations unies sur la loi de la mer, on avait autant le droit d'être là que n'importe qui d'autre.

Ma main était sur l'interrupteur, prêt à plonger, lorsque le radar a fait un bip. Il y avait un vaisseau dans l'eau à une distance de 18 kilomètres. J'ai attendu un moment, puis il y a eu deux bips. Deux vaisseaux. J'ai escaladé le kiosque et j'ai scruté l'horizon avec les jumelles. Une ligne de brouillard avançait du sud et on ne pouvait pas voir l'horizon clairement. Et puis, ça a disparu complètement. Zut ! Maintenant, je ne pouvais plus voir où étaient les vaisseaux. Je ne voulais pas plonger et dormir si je ne savais pas qui était dans les environs.

De retour dans le sous-marin, les deux bips sur le radar sont devenus trois, puis… quatre. Incroyable ! Ça ne pouvait pas être des bateaux de pêche. Ils étaient trop loin de la côte. J'ai regardé longuement le moniteur du radar. Les bateaux s'en venaient tranquillement vers nous. Que faire ?

C'était la première fois que je ne pouvais pas me réfugier dans une petite baie ou plonger au fond pour me cacher, mais 200 mètres, c'était trop profond. Je pourrais avoir une fuite dans le sous-marin. On avait le choix : changer de cap et essayer de céder le chemin ou bien attendre pour voir ce qui s'en venait. Compte tenu du fait qu'on avait un statut légal, j'ai décidé d'attendre.

J'ai coupé le moteur. On a dérivé. J'ai monté Hollie pour prendre l'air. Le brouillard avançait sur nous plus vite que les vaisseaux. Ils n'étaient pas côte à côte, mais à environ un kilomètre l'un de l'autre. Peut-être qu'il s'agissait de navires de la marine. Si c'était le cas, je ferai une salutation amicale. Je pourrai invoquer le droit de la mer s'ils questionnaient notre présence.

Le brouillard s'est épaissi et je ne pouvais pas voir plus loin que la proue de notre sous-marin. Les navires allaient nous dépasser sans qu'on ne les voie. Quand ils étaient à une distance de huit kilomètres, il y a eu deux autres bips sur le radar. Je suis descendu à l'intérieur. Deux autres vaisseaux approchaient de l'autre direction et ils arrivaient vite ! Je ne pouvais en croire mes yeux. On assistait à une poursuite bizarre sur l'écran du radar.

Les quatre vaisseaux qui s'approchaient avaient manifestement remarqué les deux navires rapides parce qu'ils se sont arrêtés, ont fait un tour de 180 degrés et tous les quatre ont accéléré en même temps. Ils s'enfuyaient ! Leurs poursuivants nous ont tout simplement ignoré et ont changé de cap pour suivre les quatre autres vaisseaux. Et ils les suivaient à toute vitesse. Qu'est-ce qui se passait ? Est-ce que c'étaient des pirates ? Ça me semblait peu probable.

D'abord, personne ne pouvait voir les autres. Tout le monde se fiait au radar. Cependant, les pourchasseurs devaient savoir que les quatre autres vaisseaux étaient là même avant qu'ils soient dans leur zone de radar parce qu'ils avaient su où les chercher en premier lieu. Ils devaient avoir d'autres informations, ce qui me faisait penser que les pourchasseurs devaient être la marine ou la garde côtière.

Même si je voulais savoir ce qui se passait, je savais que la meilleure chose à faire était de changer de cap et de quitter la zone de leur radar pendant que j'en avais encore la chance. Alors c'est ce que j'ai fait. J'ai fait un grand arc dans l'eau pour rebrousser chemin. J'avais prévu de continuer 18 kilomètres plus au sud. Pendant qu'on quittait leur zone de radar, je suis monté sur le kiosque une dernière fois avec mes jumelles pour jeter un dernier coup d'œil. Entre les poches de brouillard à l'horizon, je pensais avoir vu le rouge et le blanc d'un navire. La garde côtière ! Maintenant, je savais probablement qui étaient les poursuivants. Mais qui est-ce qu'ils pourchassaient ?

J'ai eu ma réponse environ une heure plus tard pendant que je plongeais pour dormir. La poursuite est revenue sur mon écran comme une poignée de bibittes vertes. En premier, il y avait les quatre vaisseaux qui fuyaient, plus près les uns des autres maintenant, et puis leurs poursuivants, qui avaient réduit l'écart entre eux de moins de sept kilomètres. À moins d'accélérer le moteur au maximum pour m'éloigner, les deux parties croiseraient à peu près notre chemin. J'ai décidé de rester, mais je me suis apprêté à plonger, au besoin.

J'ai coupé le moteur. Je suis monté sur le kiosque avec mes jumelles pour essayer de voir à travers le brouillard. Le vent se levait. Il faisait des trous dans le brouillard ici et là. J'ai aperçu quelques petits navires une couple de fois, puis plus rien. La vraie poursuite se faisait sur l'écran de radar, mais je voulais identifier les vaisseaux qui s'approchaient avant de plonger et de les laisser passer au-dessus de nous.

C'était un drôle de jeu de chat et de souris. Je courais à l'intérieur pour vérifier le radar, puis je montais sur le kiosque pour scruter le brouillard avec mes jumelles, prêt à plonger à tout moment.

Les vaisseaux pourchassés sont passés proche, à un kilomètre et demi à l'est du sous-marin, mais pas assez proche pour apercevoir le kiosque d'un petit sous-marin dans le brouillard. Ils pouvaient nous détecter par radar, bien sûr, mais puisqu'on ne bougeait pas, ils ne nous considéraient probablement pas comme une menace. Ils avaient de plus gros problèmes.

La garde côtière est entrée en scène à cinq kilomètres plus à l'ouest. On était plus ou moins encerclés. Mais je n'étais pas trop inquiet. La garde côtière savait déjà qu'on était dans les environs et ils ne s'intéressaient pas à nous. Leur priorité était les vaisseaux qu'ils pourchassaient. De toute façon, si un vaisseau se rapprochait trop de nous, on pouvait tout simplement plonger, changer les batteries et se sauver.

Les navires de la garde côtière nous ont dépassés à un kilomètre de distance et je ne les ai plus jamais revus. Le brouillard était trop épais. Le radar a révélé que les navires pourchassés s'étaient réunis en groupe, assez proche pour pouvoir s'échanger quelque chose — des membres d'équipage peut-être — puis ils se sont éloignés dans de différentes directions. Ils essayaient sans doute d'embrouiller la garde côtière et de s'échapper. Je me demandais ce que ferait la garde côtière. Est-ce qu'ils se sépareraient pour poursuivre deux des quatre navires ou bien est-ce qu'ils resteraient ensemble pour suivre seulement un des quatre navires ?

La garde côtière s'est séparée et a poursuivi deux des quatre navires. Ça a pris longtemps avant que le radar nous révèle ce que le brouillard cachait si bien. Deux des navires poursuivis se sont dirigés vers le nord puis se sont séparés. Un des navires de la garde côtière a suivi un navire vers le nord. L'autre est resté en arrière et a continué de poursuivre un des navires plus près de nous, qui allait vers l'est. Le quatrième navire s'est dirigé vers le sud. J'ai pris une décision impulsive : les poursuivre.

Chapitre sept

JE NE SAVAIS PAS exactement pourquoi je les poursuivais, sauf que si la garde côtière les poursuivait si intensément, ils avaient dû faire quelque chose de pas correct. Et en plus, j'étais curieux. Mais on était tous en dehors de la zone des 20 kilomètres. Les seuls droits que le Canada avait dans la zone des 370 kilomètres étaient commerciaux et le seul intérêt commercial, dans les Grands Bancs, d'après ce que je savais, c'était la pêche.

Est-ce que c'était ça le problème? Est-ce que la garde côtière pourchassait des bateaux étrangers qui pêchaient dans les eaux canadiennes? Mais si on était juste à la limite de la zone des 370 kilomètres, pourquoi s'en préoccuper?

Est-ce que les navires étrangers ne pouvaient pas tout simplement passer de l'autre côté de la zone et faire un pied de nez à la garde côtière ?

Je suppose que non.

Le navire n'allait pas très vite. Avec toutes les améliorations faites au sous-marin, on n'a eu aucun problème à le rattraper. La garde côtière avait sûrement déjà attrapé au moins un des autres navires. Je savais aussi qu'ils n'étaient pas très longs, pas comme les cargos, parce qu'ils pouvaient changer de cap très vite. Cependant, dans le brouillard épais, je n'arrivais pas à voir de quelle sorte de navire il s'agissait à moins que… je fasse ce que les sous-marins sont supposés faire.

Au moment où il s'attendait à ce que je l'attrape, j'ai coupé le moteur, fermé la trappe et j'ai plongé à 30 mètres. J'ai engagé mes batteries à plein et j'ai continué de les suivre avec mon système sonar. On avait dû disparaître de leur radar instantanément, ce qui les avait probablement déconcertés. Peut-être qu'ils avaient un système de sonar pour la pêche à bord, mais je pense qu'ils n'avaient aucune idée qu'ils se faisaient pourchasser par un sous-marin.

Avec nos batteries, ça nous a pris presque une heure pour les attraper et les dépasser. On est allés sous leur navire comme une baleine. Pendant ce temps-là, j'observais le fond marin, qui était passé de 200 mètres à une profondeur inconcevable. On venait de traverser le plateau continental ! Incroyable ! Mais notre navire en fuite ne semblait pas ralentir pour autant. Il allait nous échapper ! Je supposais bien que la garde côtière avait de bonnes raisons de le poursuivre. J'ai donc décidé de lui couper le chemin.

Ça n'a pas été difficile à faire. On l'a dépassé d'un demi-kilomètre et on a fait surface. En remontant à la surface, j'ai allumé les projecteurs et j'ai laissé le sous-marin dériver. Dans le brouillard, ils verraient nos projecteurs avant de savoir quelle sorte de vaisseau on était. Le plus important, c'était qu'on apparaîtrait instantanément sur leur radar, juste devant leur navire ! Ça devrait suffire pour le faire arrêter, sinon, j'étais prêt à plonger rapidement pour l'éviter.

Il s'est rapproché de plus en plus. Je commençais à me sentir nerveux. Je ne voulais pas me faire frapper par un navire. À travers le périscope, je pouvais à peine voir ses lumières. Il me semblait qu'il ralentissait, mais je ne pouvais pas en être sûr. J'ai gardé ma main sur les contrôles, prêt à plonger. Soudain, je l'ai vu dans le brouillard, illuminé comme un sapin de Noël, un chalutier de pêche, affichant les couleurs de l'Espagne !

Il a ralenti et s'est arrêté. Puis, j'ai entendu un bip sur le radar. Un autre vaisseau approchait rapidement ! En fait, il était déjà là. J'ai escaladé le kiosque et j'ai ouvert la trappe pour jeter un coup d'œil sur les événements. Puis, j'ai entendu des coups de mitraillette ! Je suis descendu dans le sous-marin à toute vitesse pour plonger, mais ma curiosité m'en a empêché. J'ai remonté l'échelle pour regarder par-dessus le rebord de la trappe. En arrière du chalutier, j'ai aperçu la coque rouge et blanche d'un navire de la garde côtière canadienne. À travers mes jumelles, je voyais la garde côtière qui tirait sur la proue du chalutier !

Je ne pouvais pas en croire mes yeux ! J'ai regardé, étonné, pendant que les agents de la garde côtière sont montés à bord du navire espagnol, ont arrêté l'équipage et ont attaché un câble de la poupe du navire de la garde côtière à la proue du chalutier. Est-ce qu'ils avaient vraiment l'intention de remorquer le navire jusqu'à Saint-Jean de Terre-Neuve ?

Eh bien, oui. Exactement !

Debout dans le kiosque, appuyé contre la trappe, regardant les lumières des deux navires disparaître dans le brouillard, j'ai entendu la sirène du navire de la garde côtière souffler très fort. Était-ce un adieu à notre intention, pour la part qu'on avait jouée dans la poursuite ? J'aimais penser que oui. J'ai fait signe de la main. Je ne saisissais pas bien l'importance de ce qui venait de se produire. Cela viendrait plus tard. La poursuite avait été palpitante. Pour l'instant, j'avais besoin de dormir.

À 60 mètres, je n'avais pas de radio. Le câble du sous-marin qui flottait à la surface pour servir d'antenne atteignait seulement 30 mètres. Ça ne me dérangeait pas. On avait eu assez d'émotions pour une journée. Algue et Hollie étaient toujours très obligeants quand je voulais dormir. Quand les lumières intérieures du sous-marin étaient baissées, ils passaient dans une sorte d'hibernation. Je me disais que c'était là un instinct animal-oiseau.

Il n'y avait pas de courant de surface à 60 mètres, mais il y avait un courant quand même. Ce courant allait dans l'autre direction de celui à la surface, mais il allait très doucement. Ça ne m'inquiétait pas trop. Je n'avais pas peur de couler non plus puisqu'on avait dans le sous-marin une jauge pour remonter à la surface automatiquement, qui était réglée à 72 mètres. Si le sous-marin arrivait par accident à cette profondeur, les réservoirs de ballast se rempliraient d'air et on remonterait à la surface.

Il y avait aussi deux ballons de ballast attachés à l'extérieur de la coque du sous-marin. Ils renfermaient des cartouches pressurisées qui étaient conçues pour exploser à 122 mètres, remplissant ainsi deux ballons en nylon avec assez d'air pour soulever le sous-marin. Je n'avais jamais pensé que le sous-marin pourrait se soulever pour une autre raison.

Je me suis brossé les dents, j'ai dit bonne nuit à mon équipage et j'ai grimpé dans ma couchette, qui était suspendue à l'aide de cordes élastiques pour compenser le tangage du sous-marin dans la mer. En l'espace de quelques minutes, je dormais comme un bébé.

Je me suis réveillé huit heures plus tard… à la surface ! Je savais qu'on était à la surface à cause du mouvement du sous-marin et il y avait une légère lueur qui entrait par le hublot d'observation : la lumière de la mer. J'ai escaladé le kiosque et j'ai ouvert la trappe. C'était une belle journée ensoleillée. J'ai regardé tout autour de moi comme si je rêvais.

Comment est-ce qu'on était montés à la surface ? Est-ce qu'on avait dérivé à 72 mètres, puis on était remontés à la surface ? Mais pourquoi ? Je devais tout inspecter comme il faut puis appeler Ziegfried sur la radio à ondes courtes. En premier, j'ai allumé la radio pour écouter les nouvelles de Saint-Jean. Je voulais savoir si l'incident avec le chalutier était aux nouvelles. Et il l'était ! Et comment !

« … les autorités espagnoles demandent des représailles immédiates. Aucun acte de représailles n'a été exclu… », a dit l'annonceur à la radio.

Ma foi ! C'était déjà devenu un événement d'ordre international. Comme d'habitude, les médias lui donnaient plus d'importance que la réalité.

« L'Espagne considère la poursuite violente en haute mer par la garde côtière canadienne sur sa flotte de pêche comme un acte de guerre », a continué l'annonceur.

Un acte de guerre ! Ce n'était qu'un vieux chalutier délabré. J'étais surpris qu'il ait pu traverser l'Atlantique sans couler. J'espérais vraiment que le Canada et l'Espagne ne se mettraient pas en guerre à cause de ce chalutier. J'ai essayé de contacter Ziegfried sur la radio à ondes courtes.

« Al ! *¿Cómo estás?* »

« Quoi ? »

« C'est de l'espagnol. Ça veut dire : Comment ça va ? »

« Oh. Bien. As-tu entendu les nouvelles ? »

« Certainement ! As-tu vu des chalutiers espagnols en route à travers les Grands Bancs ? »

« Ahhh… oui. »

« Vraiment ? De près ? »

« Ahhh… oui. »

« Intéressant. Et tout fonctionne comme il faut ? »

« Ahhh… oui. À peu près. »

« Qu'est-ce que tu veux dire par *à peu près*, Al ? Qu'est-ce qui ne va pas ? »

« C'est rien, mais le sous-marin est remonté à la surface tout seul. Je me suis endormi à 60 mètres et je me suis réveillé à la surface. »

« Il est remonté à la surface tout seul ? Oh, ça ce n'est pas bien. Écoute, Al. Il faut que tu fasses une inspection méticuleuse de tout, tout de suite, d'accord ? »

« Oui, absolument. J'étais justement pour la faire. »

« Très bien, Al. Et quand tu auras fini, il faudra que tu fasses des tests. Plonge et reste submergé à un endroit pendant longtemps. Surveille ta profondeur. Observe si tu coules ou si tu remontes vers la surface, d'accord ? Ceci est très important, Al. Tu dois tout inspecter et tester à fond. Tu le sais bien, n'est-ce pas ? »

« Oui, je le sais bien. Ne t'inquiète pas. Je le ferai. »

« Peut-être que tu devrais revenir ici et on pourrait le tester ensemble. »

« Non. Non. Ça va. Peut-être que j'ai fait une erreur et je n'ai pas fermé la valve d'air avant d'aller me coucher. »

« D'accord. Vérifie ça en premier et tiens-moi au courant, OK ? »

« D'accord. »

« Tu promets de me tenir au courant, n'est-ce pas ? »

« Je te le promets. Je vais commencer une inspection tout de suite. »

« Et tu vas faire des tests, n'est-ce pas ? »

« Oui, je vais faire des tests. »

Oh là là ! La dernière chose que je voulais faire, c'était de retourner à Terre-Neuve. Ziegfried ferait des tests pendant tout l'été et je ne pourrais pas retourner en mer avant l'automne. Après avoir raccroché, j'ai commencé mon inspection. Hollie m'a vu en train d'examiner des choses et il s'est immédiatement joint à moi, reniflant chaque recoin avec son petit museau pointu. Algue voltigeait dans les airs quelque part. Après deux heures d'inspection méticuleuse, je n'avais rien trouvé. Quand Algue est revenu, j'ai décidé d'effectuer un test. J'ai fermé la trappe. J'ai plongé à 30 mètres, j'ai ouvert un sac de maïs soufflé et je me suis installé devant la jauge de profondeur.

Algue adorait le maïs soufflé. Hollie n'aimait pas trop ça, mais si Algue en mangeait, il fallait qu'il en prenne lui aussi. Ce qu'ils aimaient faire tous les deux, c'était de l'attraper au vol. On en a fait un jeu pendant que j'observais la jauge de profondeur. Aucun changement. Le sous-marin est resté parfaitement immobile pendant une heure.

« OK, les gars, ça y est. On remonte à la surface. »

J'ai décidé de continuer notre chemin. J'appellerai Ziegfried plus tard. Il ne serait pas satisfait de mes tests, je le savais bien. Quand il s'agissait des tests, Ziegfried était perfectionniste, mais je ne voulais pas me trimbaler en plein milieu de l'océan à ne rien faire. Et je ne voulais absolument pas rentrer à Terre-Neuve.

J'ai fait surface. J'ai mis le moteur en marche prêt à partir, sauf… qu'il y avait un petit problème. Je ne savais pas exactement où on était. Je connaissais à peu près notre emplacement et je savais qu'on devait aller vers l'est pour atteindre le Portugal. Mais je ne voulais pas manquer les Açores. Et pour cela, il fallait que je sache plus précisément où on était.

On avait évidemment dérivé avec le courant quand on était remontés à la surface. Mais à quelle distance ? J'avais des cartes maritimes, bien sûr, mais une fois qu'on avait perdu nos coordonnées exactes, c'était très difficile de retrouver exactement où on était. La navigation en mer est plus compliquée quand on est loin de la terre à cause des courants et d'autres variantes, comme le fait que le nord magnétique est à presque 1 300 kilomètres du nord géographique. Essentiellement, il faut faire des lectures de boussole.

Normalement, ce serait impossible sur un sous-marin à cause de tout le métal qui entrave l'attraction du pôle nord. Mais il est possible de compenser ce problème en plaçant des aimants autour du compas ou de la boussole de façon à faire les corrections pour obtenir le nord géographique. Et c'est ce que Ziegfried avait fait. Ça c'était la théorie, mais en pratique, c'était autre chose. Même les matelots expérimentés se perdent en mer de temps en temps.

Après avoir lu la boussole pendant une demi-heure, vérifié soigneusement les cartes maritimes et mesuré le courant, j'ai fait de mon mieux pour deviner notre position actuelle. J'ai tourné le sous-marin vers l'est, j'ai accéléré le moteur au maximum, je suis monté sur mon vélo et j'ai commencé à pédaler.

J'ai pédalé par intervalles pendant la nuit et j'ai écouté la radio. J'ai réchauffé une pizza surgelée. J'ai épluché quelques oranges. Je me suis fait du thé. J'ai joué au tir à la corde avec un long morceau de corde. Algue et moi contre Hollie. On a perdu. Hollie était très possessif quand il s'agissait de sa corde. Mais Algue n'essayait pas très fort. Il ne s'intéressait pas vraiment à fermer son bec sur quelque chose qu'il ne pouvait pas avaler. Après une nuit tranquille en mer, pendant laquelle on n'a vu aucun vaisseau, on a plongé à 60 mètres, à un endroit que j'ai bien noté sur la carte, et on s'est couchés. Tard dans l'après-midi, on s'est réveillés… à la surface encore! Et on avait dérivé.

Chapitre huit

J'AVAIS PROMIS de tenir Ziegfried au courant et je l'ai appelé à la radio à ondes courtes. Le temps était beau et la réception, bonne.

« Al ! C'est bon d'entendre ta voix. Comment fonctionne le sous-marin ? »

« Très bien ! »

« Tout va comme il faut ? »

« Ouais. Tout fonctionne bien. »

« Et tu as fait les tests ? »

« Ouais. Le sous-marin n'a ni remonté ni baissé d'un seul centimètre. »

« Et as-tu trouvé un problème ? »

« Non. Rien. »

« Rien ? »

« Non. Rien. »

« Alors, tu ne sais toujours pas pourquoi il est remonté à la surface tout seul ? »

« Non. Je suppose que ça restera un mystère. »

« Al, les sous-marins ne remontent pas à la surface tout seuls. Il doit y avoir un problème quelque part. »

Il s'est arrêté.

« Peut-être que tu devrais revenir. »

« Oh non, je suis sûr que tout va bien. C'était juste un truc bizarre. Je suis sûr que ça ne se reproduira pas. »

« Mais si ça se reproduit, tu vas me le dire, n'est-ce pas ? »

« Oui, absolument. »

« Hmmm… je n'aime pas ça, Al. Pas du tout. »

« Ça va aller. Je te l'assure. Alors, est-ce que tu crois qu'on va entrer en guerre avec les Espagnols ? »

« Bon Dieu ! J'espère que non. Tu ne croirais pas ce que disent les gens, ici. Ils parlent comme des fous. Je suis heureux que tu ne sois pas impliqué dans toute cette histoire. »

« Ouais. »

Je me sentais mal de ne pas avoir tout dit à Ziegfried, mais il ne ferait que s'inquiéter. Il y aurait beaucoup de problèmes le long du chemin pendant mon voyage. De ça j'étais sûr. Je ne voulais pas qu'il s'inquiète à chaque fois. Après un petit-déjeuner d'oranges et de biscuits et des biscuits pour chiens pour l'équipage, j'ai regardé mes instruments pour m'orienter. J'ai deviné où on était selon les cartes maritimes, j'ai accéléré le moteur, je suis monté sur mon vélo pour pédaler et je me suis dirigé vers l'est. Algue s'est envolé dans le ciel. Hollie a couru autour du vélo stationnaire, puis a joué avec un morceau de corde. J'ai trouvé une station de radio où on jouait de la guitare espagnole.

Après un bout de temps, je suis monté sur le kiosque pour m'assurer que je pouvais encore voir Algue. Eh bien, quelle surprise !

J'ai sorti la tête par la trappe et je me suis retrouvé entouré d'une douzaine d'oies étranges alignées de la proue à la poupe du sous-marin, comme des matelots lors d'une cérémonie officielle. Elles étaient sans doute venues de très loin et étaient très fatiguées. Elles ont rentré la tête dans leur plumage et se sont tout de suite endormies, apparemment inconscientes d'Algue et moi. Mouette assez territoriale, Algue a piqué une crise au-dessus de leurs têtes. En vain. Il n'y avait rien à faire. Elles se sont reposées jusqu'à ce qu'elles soient prêtes à repartir.

C'est devenu assez commun pour des oiseaux de mer, d'apparence agressive, en migration sur de longues distances, de plonger du ciel pour se reposer sur le sous-marin comme s'il s'agissait d'un mini porte-avions. Mais l'atterrissage était parfois un peu difficile et ils atterrissaient à côté du sous-marin, dans la mer. Alors ils secouaient leurs ailes et sautaient sur le pont. Algue n'aimait pas trop ça, mais moi, je me sentais honoré par leur présence.

La troisième nuit, le ciel était dégagé et les étoiles étincelaient comme des diamants et des saphirs. Il y en avait tellement ! Si on regardait n'importe quel coin noir pendant un bout de temps, on y voyait une étoile. Je me suis installé fasciné dans le kiosque avec Hollie sous mon bras et Algue en sentinelle sur la proue. De temps en temps, on entendait un éclaboussement dans l'eau, mais on n'y voyait rien. Hollie aboyait, mais je ne savais jamais exactement pourquoi.

Après le lever du soleil, lors de notre quatrième jour en mer, j'ai plongé à 60 mètres, j'ai baissé les lumières et je me suis couché. Neuf heures plus tard, je me suis de nouveau réveillé à la surface, au milieu des vagues.

Je ne pouvais pas le croire ! Le sous-marin remontait toujours à la surface et ne plongeait jamais, de toute façon pas quand j'étais éveillé. Pourquoi ? Je savais que je n'avais pas fait les tests avec la même rigueur que Ziegfried l'aurait voulu, mais j'avais testé un peu et rien n'avait bougé du tout. Que se passait-il ?

Lors de notre quatrième nuit en mer, j'ai pensé qu'on était environ à mi-chemin des Açores et probablement un petit peu plus au nord. J'aurai une meilleure idée de notre position quand nous serions plus proches. La mer changeait maintenant. Les petites vagues se transformaient en gros remous. Le soleil était disparu pendant la journée. Il n'y aurait pas d'étoiles cette nuit. Mais le signe le plus clair que le mauvais temps s'en venait, c'était Algue. Quand il est sorti prendre l'air avec moi le soir, il n'est pas allé loin. Puis, il a atterri à la poupe au lieu d'arriver à la proue et il semblait un peu agité. Ce n'était pas son habitude. Il est aussi rentré plus tôt que d'habitude. Je n'avais aucune idée de ce qu'il pensait.

Peu de temps après, j'étais dans le compartiment du moteur, à faire une inspection routinière quand un flot d'eau est entré dans le sous-marin. On plongeait! Terrifié, j'ai monté l'échelle à toute vitesse. Je me suis hissé sous l'eau qui inondait la cabine. J'ai agrippé la trappe, l'ai tirée de toutes mes forces et je l'ai fermée.

Oh là là ! Je ne pouvais pas croire ce qui venait de se passer. J'étais complètement trempé. J'ai regardé en bas. Hollie me regardait. Lui aussi était trempé. Il y avait plusieurs centimètres d'eau sur le sol et les pompes fonctionnaient à plein pour essayer de le sécher. J'avais un mauvais pressentiment dans le ventre. Le sous-marin ne fonctionnait pas comme il fallait. On devrait retourner à Terre-Neuve. C'était trop dangereux maintenant.

J'étais tellement déçu. Je pouvais à peine me contenir. Je suis allé au panneau de contrôle. Je me suis assis, tout démoralisé, et j'ai baissé la tête. J'avais envie de pleurer. Mais à quoi bon? C'était juste un inconvénient. Rien de plus. Les explorateurs ne pleuraient pas quand il y avait des problèmes inattendus. Les pleurs, c'étaient pour les enfants.

La chose la plus mature à faire, c'était d'accepter qu'il y avait un problème et de prendre des mesures pour y remédier, même si cela signifiait retourner à Terre-Neuve et tout recommencer à zéro. C'est ça que Ziegfried aurait dit et il savait toujours de quoi il parlait.

Si je voulais survivre en mer tout seul, je devais affronter les défis et les problèmes comme un adulte. Alors, je ne me suis pas permis de pleurer. Plutôt, j'ai respiré profondément et je me suis retourné… juste à temps pour voir Algue lever une patte vers les boutons. C'était lui ! Le petit chenapan ! C'était Algue qui était responsable de tout ça ! Je ne pouvais pas le croire.

J'ai ouvert la bouche pour le gronder, mais je me suis arrêté. À quoi bon gronder une mouette ? Et de toute façon, il était un membre important de notre équipage. Il faudrait juste que je le surveille autour du panneau de contrôle et que je couvre ce dernier d'une couverture pendant que je dormais. Tout à coup, j'étais tellement content que je voulais crier. Je ne savais pas si c'était là une réaction adulte ou non. Je l'ai fait quand même.

En remontant à la surface, j'avais très hâte d'appeler Ziegfried pour lui dire ce qui s'était passé. Mais la réception était mauvaise. Ziegfried m'avait dit qu'il y avait une autre tempête en prévision et qu'il faudrait que je me prépare. Il m'a aussi averti de ne pas attirer l'attention en Espagne. Il y avait aussi une tempête politique en prévision.

La meilleure partie d'un voyage en sous-marin était que je pouvais plonger sous la surface et ne jamais savoir qu'il y avait une tempête. Mais ça rendait la navigation plus difficile et je naviguais déjà moins bien que je l'aurais espéré. Je prenais une mesure, je vérifiais les cartes maritimes et puis je devinais à peu près où on était. Je faisais la même chose une heure plus tard et je me rendais compte que j'étais trop loin de la première mesure. On se dirigeait toujours vers l'est, de ça j'étais certain. Je pouvais toujours le savoir d'après le soleil et les étoiles, mais maintenant le soleil et les étoiles étaient couverts et je pouvais seulement me fier à ma boussole. Et plus le temps était mauvais, plus c'était difficile de prendre des mesures.

Il n'y avait pas grand danger pour un sous-marin dans une tempête, mais on se faisait brasser pas mal et on avait vite le mal de mer. Alors on plongeait. Sous la surface, on avait 20 heures de batteries quand elles étaient complètement chargées et je pouvais aussi pédaler. En tout, on pouvait naviguer pendant environ 22 heures submergés, ce qui nous permettrait d'échapper à la tempête si elle soufflait dans l'autre direction. Si la tempête soufflait dans la même direction que nous, la meilleure chose à faire serait de rester sur place et de la laisser suivre son cours.

Mais passer 22 heures submergés était long et difficile pour l'équipage. On devait remonter à la surface de temps en temps de toute façon pour remplir nos compresseurs à air. On avait besoin d'un approvisionnement constant en air pour pouvoir plonger, pour pouvoir remonter à la surface et pour respirer, bien sûr. J'ai surveillé les jauges de très près, comme d'habitude. Ça, c'était la partie difficile d'une tempête, l'inconfort. En mer, les tempêtes commençaient plus tôt et duraient plus longtemps. Cela dit, je devais admettre qu'une tempête en mer était fort stimulante. On ne savait jamais ce qui pouvait arriver…

Chapitre neuf

JE PENSAIS RÊVER. Le sonar clignotait comme s'il y avait un énorme objet qui allait foncer sur nous. J'étais entre le réveil et le sommeil et je ne savais pas si je rêvais ou non. J'ai ouvert les yeux. Le sonar clignotait bien! J'ai sauté sur mes pieds pour courir vers l'écran. Il y avait bel et bien un objet géant dehors! On était en plein milieu de l'océan Atlantique, à 60 mètres sous la surface, et il y avait un objet géant juste dehors. J'ai paniqué.

Il y a eu un cognement, comme du métal sur du verre. J'ai tourné la tête. Le son venait du hublot d'observation. Je me suis dirigé lentement vers le hublot, comme si je flottais dans un cauchemar. J'ai allumé les lumières et j'ai vu un visage dans le hublot, un visage qui me regardait. L'homme portait une combinaison de plongée, le visage contre le hublot d'observation. Il m'a fait un signe du pouce vers le haut avec une expression de questionnement sur son visage. Est-ce que tout allait bien ? Je lui ai retourné le signe du pouce vers le haut, je lui ai souri de façon maladroite, puis j'ai fait un signe pour montrer que je dormais. Il a fait signe de comprendre de la tête, a de nouveau fait un signe du pouce vers le haut et m'a fait un au revoir.

J'ai enlevé la couverture du panneau de contrôle et j'ai actionné l'interrupteur pour remonter à la surface. C'est alors que j'ai vu l'énorme objet qui s'éloignait tranquillement. Le son de son moteur était étouffé et un peu étrange. Ses vibrations ont fait vibrer mes dents.

C'était un sous-marin nucléaire, américain, russe, britannique ou français. Je ne savais pas d'où il venait, mais ses occupants avaient été très gentils de s'arrêter pour s'assurer que tout allait bien pour moi. J'ai mis l'eau à bouillir pour faire du thé. J'ai donné des biscuits pour chiens à l'équipage et je me suis assis pour me réveiller et pour me remettre les idées en place. Ziegfried m'avait bien dit : « Ne pense pas que tu seras le seul sous-marin dans la mer. » Et il avait eu raison.

La tempête s'était éloignée, mais la mer brassait encore avec de grands remous. Au moins on pouvait naviguer. Algue était bien content de monter dans le ciel de nouveau et il nous suivait de près, comme un cerf-volant. Hollie avait hâte d'être dans le kiosque avec moi et de renifler l'air pour voir s'il y avait des traces de lapin.

« Je ne pense pas qu'il y ait de lapins ici, Hollie. »

Ça lui était égal. Il a reniflé l'air quand même. On se dirigeait vers l'est. Je voyais le soleil caché derrière les nuages, qui confirmait cela. Je ferais de mon mieux pour déterminer où on était exactement, mais, pour l'instant, je devais me remettre du choc d'avoir été réveillé en sursaut et de mon visiteur inattendu.

Les sous-marins nucléaires patrouillaient les mers de long en large. Ils pouvaient se présenter n'importe quand et n'importe où. Mais on ne s'attendrait pas à en voir un s'arrêter pour vérifier un tout petit sous-marin comme le mien. Peut-être qu'il y avait une camaraderie spéciale entre les sous-mariniers, comme entre les matelots. Du coup, je me sentais très spécial.

Pendant deux nuits encore, on a poursuivi notre voyage sans incident, et on a dormi de jour sans aucun visiteur ou interruption. Mais je commençais à m'inquiéter qu'on ait dépassé les Açores. J'ai examiné mes cartes maritimes et j'ai pris plein de mesures, mais je ne pouvais jamais dire pour sûr et certain où on était exactement. Je ne me sentais jamais perdu en tant que tel, c'est juste que je ne savais pas exactement où on était, ce qui n'était pas pareil.

Puis, une nuit, en observant les étoiles, et remarquant que parfois, en mer, on voit des étoiles très proches de l'horizon, j'ai vu l'étoile la plus brillante, qui était juste sur la ligne de l'horizon. Hollie l'a vue lui aussi. Et cette étoile clignotait ! Puis, je me suis rendu compte que ce n'était pas une étoile, mais un phare ! On avait trouvé les Açores ! Youpi !

Quelques heures plus tard, on était à un demi-kilomètre des falaises de Corvo, la plus petite île dans le nord-ouest des Açores. Le phare ultra-puissant illuminait le museau excité et moustachu de Hollie à toutes les cinq secondes. Autrement, on se trouvait dans une noirceur complète. Debout dans le kiosque, j'ai entendu le bip du sonar. Le sonar ? Mais pas le radar ? Ça, c'était un peu bizarre.

Je suis rentré. Selon le sonar, trois vaisseaux de la même taille que notre sous-marin venaient à notre rencontre. Des sous-marins ? Est-ce qu'ils patrouillaient leur île avec des mini sous-marins ? Je ne pouvais pas le croire.

Je me demandais si on devait essayer de se sauver. Et s'ils confisquaient notre sous-marin ? J'étais très inquiet tout à coup. Comment est-ce que j'arriverai à ramener Algue chez nous ? Hollie pourrait sans doute embarquer dans un avion, mais me laisseraient-ils voyager avec une mouette ? Avant de pouvoir décider quoi faire, il y a eu deux autres bips sur le sonar. Deux autres mini sous-marins ? Maintenant, on se trouvait entourés !

Je suis monté dans le kiosque avec Hollie dans les bras. Il aboyait comme s'il chassait des lapins. On a entendu un gros éclaboussement dans l'eau. Pouvaient-ils remonter à la surface si vite ? Il y a eu un autre éclaboussement si proche qu'il nous a aspergés d'eau. On aurait dû les entendre sur le radar, mais il n'y avait toujours rien. C'était quelle sorte de sous-marin exactement ?

Au clair de lune, j'ai aperçu le contour d'un des sous-marins pendant qu'il remontait à la surface pour plonger de nouveau quelques secondes plus tard. Il a frappé l'eau de sa queue en plongeant. Hollie a aboyé furieusement. J'ai bien ri. Ce n'était pas des sous-marins, mais des baleines !

On est restés dans le kiosque à regarder et à écouter les baleines jusqu'à ce que le ciel devienne bleu foncé et qu'une ligne orange apparaisse à l'horizon. Maintenant, on pouvait bien voir les baleines. Au lieu d'aboyer férocement, Hollie grognait tout bas, comme un animal en peluche avec un petit moteur qui vibrait dans son ventre. Je n'avais jamais vu de baleines de près sauf pour la baleine morte près de la plage à Terre-Neuve. Ces baleines étaient magnifiques et elles jouaient beaucoup. Elles semblaient vraiment s'amuser ensemble. J'aurais pu les observer toute la journée.

Le ciel s'est éclairci et les falaises de Corvo scintillaient dans la lumière lorsque le soleil est passé au-dessus de l'horizon. J'ai pris mes jumelles pour voir de plus près et j'ai remarqué un homme qui descendait la falaise sur des marches coupées dans la roche. Il descendait rapidement et agitait frénétiquement les bras. Il nous faisait des signaux ! Il avait dû nous voir du phare. Il voulait vraiment qu'on vienne à terre.

Je suis entré dans le sous-marin pour prendre mon sac de drapeaux. Saba avait cousu les drapeaux du Portugal, de l'Espagne, de la France, de l'Italie et de la Grèce avec du tissu de vieilles robes. Les couleurs n'étaient pas exactes et les motifs sur les drapeaux n'étaient pas parfaits mais, de loin, ils paraissaient bien. C'était une marque de politesse d'arborer le drapeau du pays quand on entrait dans ses eaux, ainsi que le drapeau de son pays pour que les gens sachent d'où on venait.

J'ai levé le drapeau canadien et le drapeau portugais sur le kiosque. Le vent les a tenus déployés. J'ai dirigé le sous-marin vers les falaises et je me suis approché prudemment, gardant un œil sur le fond marin avec le sonar. C'était à pic en dessous de l'eau comme au-dessus. Est-ce que l'île perdue d'Atlantide pourrait être située sous la mer ici ?

J'avais mon passeport dans ma poche, prêt à le présenter dès qu'on me le demanderait. On est arrivés à une distance de 30 mètres des falaises, mais je ne voyais aucun endroit pour amarrer le sous-marin. J'ai fait signe et l'homme m'a répondu tout excité. J'ai sorti mon passeport. Il avait du mal à voir, mais a deviné ce que c'était. Il a froncé les sourcils et a fait un geste impatient comme quoi je pouvais le ranger. Je l'ai remis dans ma poche. Il a fait un geste pour manger et m'a montré le phare du doigt. J'ai fait signe que oui de la tête et je suis parti à la recherche d'un endroit pour amarrer le sous-marin.

Son nom était Arturo. C'était le gardien du phare. Il était court et trapu avec des cheveux noirs ondulés et un beau visage accueillant. Sa femme s'appelait Anna et elle était très belle et extrêmement gentille. Ils m'ont accueilli comme si j'étais la première personne à leur rendre visite. Anna a immédiatement fait la fête à Hollie. Je me demandais si Hollie était le premier chien qu'elle avait jamais vu. Pas du tout. À la façon dont elle l'a soulevé et l'a regardé doucement dans les yeux, ça se voyait qu'elle était une vraie mordue des chiens.

Ils avaient aussi une fille, Nicola. Nicola avait à peu près mon âge et elle avait un style un peu… punk-gothique. Elle avait les oreilles percées mais aussi les sourcils, le nez et la lèvre inférieure. Elle avait des mèches bleues et vertes dans les cheveux et les ongles vernis noirs. Elle me regardait comme si je venais de la lune. C'était facilement la plus jolie fille que j'avais jamais vue de ma vie et j'avais du mal à ne pas la regarder constamment.

Quand on est entrés dans la maison, qui était connectée au phare, j'ai remarqué que la table était déjà mise pour le petit-déjeuner avec un couvert pour moi. Je n'avais presque rien dit encore qu'ils me présentaient tout plein de bonne nourriture. Anna avait aussi préparé une assiette pour Hollie, avec qui elle était tombée en amour. Elle lui a mis une assiette à table, mais j'ai insisté pour qu'il mange par terre. Je ne voulais pas qu'il soit gâté ou qu'il commence à prendre de mauvaises habitudes, comme manger à table. Hollie m'a regardé comme pour dire: « Tu ne me traites jamais comme ça. » J'ai retourné son regard d'un air sévère, comme pour lui dire: « Ne t'y habitue pas ».

Arturo était le seul à savoir parler anglais et il était un peu difficile à comprendre. Il m'a expliqué qu'il avait été matelot dans le passé et qu'il avait visité le Canada. Il m'a dit que la ville de Saint-Jean de Terre-Neuve avait les tavernes les plus sympas au monde. Anna et Nicola n'ont fait que sourire et donner de l'affection à Hollie, qui en profitait bien. Je me demandais si j'allais avoir du mal à l'emmener avec moi quand ce serait l'heure de reprendre la mer.

J'ai demandé à Arturo s'il y avait un endroit sur l'île pour présenter mon passeport, mais il m'a dit d'oublier ça. Sur son île, les gens se moquaient des formalités. Si je visitais d'autres îles plus grandes, là oui, il faudrait présenter mon passeport.

Puis là, il a commencé à m'expliquer comment il adorait observer les baleines tôt le matin et comme il avait été surpris de découvrir qu'une des baleines était en fait un sous-marin. Anna voulait savoir si j'avais vraiment traversé l'Atlantique. J'ai fait signe que oui de la tête. Tout seul ? Eh bien… j'ai montré Hollie du doigt. Elle a mis les mains sur son cœur. Ensuite, j'ai poussé des cris comme ceux d'une mouette, mais j'avais beau essayer… je ne pouvais pas leur faire comprendre que l'autre membre de mon équipage était une mouette.

Après le petit-déjeuner, Arturo m'a demandé si je voulais voir le phare. J'ai dit que oui. J'allais prendre Hollie dans mes bras, mais Anna m'a supplié de le laisser avec elle. D'accord, pensais-je. « Sois sage, Hollie », lui ai-je dit. Mais il m'a complètement ignoré.

J'ai suivi Arturo dans l'escalier en spirale du phare. Les marches montaient de plus en plus haut. J'avais du mal à croire que la minuscule lumière que j'avais vue de si loin était en haut d'une si haute tour. Je manquais de souffle en arrivant en haut de l'escalier, mais Arturo respirait normalement. Être gardien de phare, ça garde en forme !

Quand on est arrivés en haut, on était dans une salle entourée de fenêtres. La vue était incroyable. Je pouvais voir toute l'île et loin en mer dans toutes les directions. Arturo a tapé de la main le prisme géant qui réfléchissait la lumière et m'a dit qu'ils ne faisaient plus de lumières comme celle-ci. Je lui ai demandé s'il aimait être gardien de phare. Il a respiré profondément et m'a dit que c'était le meilleur travail au monde.

« Regarde à quelle distance tu peux voir par un beau jour ensoleillé. » J'ai regardé. Puis, il m'a dit de regarder dans une autre direction. Et j'ai regardé là-bas. Après quinze minutes environ, je pensais qu'on allait peut-être redescendre à la maison, mais Arturo semblait content de rester là où il était à regarder la mer. Je me suis penché contre la fenêtre pour essayer de voir le sous-marin, mais je ne pouvais pas le voir. Je pouvais voir quelques mouettes, mais je ne pouvais pas identifier Algue dans le groupe. Je me demandais si les cris des mouettes portugaises étaient différents des cris des mouettes de Terre-Neuve.

Après une demi-heure j'en avais assez de regarder la mer d'une telle hauteur. C'était une belle vue, certes, mais c'était presque partout pareil. Cependant, Arturo ne semblait jamais s'en lasser. « Regarde par là », a-t-il dit. J'ai regardé, mais je ne voyais rien de différent. Après une bonne heure, je commençais à penser que le travail de gardien de phare était peut-être le travail le plus ennuyeux au monde.

Nicola est venue à ma rescousse. Elle avait monté le grand escalier silencieusement et est apparue soudain. Elle ressemblait à un ange dans un costume gothique. Elle a dit quelques mots tout bas à Arturo. Il lui a répondu avec des mots fermes et j'avais l'impression qu'il la chicanait, mais là, soudainement, il a fait un gros sourire et lui a fait un bisou sur le front.

Nicola m'a surpris en me prenant par la main pour descendre l'escalier. Après cinq ou six marches, j'ai retiré ma main de la sienne. Je n'allais pas descendre tout l'escalier du phare avec ma main dans celle d'une fille.

Quand on est entrés dans la maison, Anna était assise sur le sofa avec Hollie et lui brossait tendrement les poils qui étaient courts et hérissés. Hollie a continué de m'ignorer. Il était déjà gâté. Nicola m'a amené dehors jusqu'à un sentier qui donnait sur la falaise. Je l'ai suivie avec obéissance. D'après ses gestes, j'ai compris qu'elle voulait voir mon sous-marin. Ça voudrait dire une autre descente à pic de la falaise et une autre escalade de la falaise plus tard. Quel entraînement ! Mais je l'ai encore suivie docilement.

Je ne savais pas si Nicola savait nager ou non, alors je faisais bien attention en la menant au sous-marin. Je l'avais amarré à trois endroits pour l'empêcher de frotter contre les rochers. Cette fois-ci, j'ai pris sa main fermement pour passer du rocher au sous-marin, atterrissant sur la coque. Elle ne semblait pas du tout avoir peur. C'était un peu bizarre d'amener une fille dans mon sous-marin.

J'ai ouvert la trappe et j'ai fait un geste pour indiquer qu'elle devait descendre dans le sous-marin, ce qu'elle a fait sans aucun problème. Je l'ai suivie à l'intérieur en allumant les lumières et la radio. Elle avait un grand sourire. Elle a regardé tout autour d'elle. Elle a caressé le panneau de contrôle des doigts, ce qui m'a rendu un peu nerveux. Je me suis préparé au cas où elle activerait un des interrupteurs. Mais elle ne l'a pas fait. Elle s'est dirigée vers la proue et s'est agenouillée devant le hublot d'observation. Elle a poussé un gros : « Waouh ! ». Puis elle a dit quelque chose en portugais.

Nicola a exploré le sous-marin de fond en comble en touchant à tout. Elle a agrippé ma couchette suspendue, l'a fait tournoyer et elle a ri. Elle a ouvert le petit réfrigérateur et le congélateur et elle a ri de nouveau. Elle s'est penchée, a essayé de lire les étiquettes sur les boîtes de conserve et elle a touché aux sacs suspendus qui contenaient de la nourriture fraîche, moins fraîche maintenant.

Je me demandais si elle trouvait que ça sentait mauvais dans le sous-marin. Il y avait toujours de l'air frais qui entrait, mais un sous-marin avait une odeur assez forte après un long voyage en mer, surtout quand on voyageait avec un chien et une mouette. En parlant de mouette, Algue a soudainement plongé dans le kiosque et Nicola a reculé en état de choc.

« Ça va », ai-je dit. « Ça, c'est Algue. Il fait partie de mon équipage. Son… nom… est… Al… gue. »

« Al… gue », a-t-elle dit.

« Oui. »

J'aimais la façon dont elle disait son nom. Algue ne s'intéressait pas à elle. Il se demandait ce qu'il y avait à manger. J'ai donné quelques biscuits pour chiens à Nicola et je lui ai fait signe de les donner à Algue. Elle s'est accroupie et a tendu la main pour lui en donner. Algue a tourné la tête de côté et l'a regardée d'un air impatient.

« Maintenant, il faut les lancer », lui ai-je dit. « Il ne les prendra pas de tes mains. »

« *Qué?* » a-t-elle dit.

J'ai fait semblant de lancer. Elle s'est mise debout rapidement et a jeté un biscuit. Il est allé sur le côté, mais Algue l'a attrapé facilement. Nicola a ri. Elle lui en a jeté un autre, pour que ce soit plus difficile à attraper, mais Algue l'a attrapé sans problème. Puis elle a cherché un autre biscuit. Elle aimait bien ce jeu.

« Je ne veux pas trop lui donner à manger », lui ai-je dit, même si je savais qu'il était impossible de suralimenter une mouette. Je lui ai donné deux autres biscuits. Elle les a encore jetés de côté et Algue les a attrapés sans aucun problème. Mais je ne pensais pas qu'Algue voulait jouer. Je pouvais entendre d'autres mouettes dehors. Quand je ne lui ai plus donné de biscuits, Algue a compris et s'est précipité en haut de l'échelle. Nicola l'a regardé monter l'échelle et a éclaté de rire. Son rire était si plaisant. Je ne pouvais pas m'empêcher de penser comme ce serait bien d'avoir plus de temps à passer avec elle. Je n'avais aucune idée à quel point elle pensait la même chose.

Chapitre dix

J'AURAIS DÛ ÊTRE endormi déjà. Il était bien passé l'heure de me coucher, mais je ne savais pas comment faire comprendre cela à mes hôtes, qui avaient été si gentils avec moi. Au milieu de la matinée, Anna nous a envoyés, Nicola et moi, en haut du phare avec une assiette de biscuits pour Arturo. Je commençais à avoir mal aux jambes et je traînais en arrière. Quand on est entrés dans la grande salle en haut du phare, Arturo nous a salués comme s'il ne nous avait pas vus depuis des mois.

Il a encore fait un bisou sur le front de Nicola et il m'a amené à la fenêtre pour me montrer quelque chose à l'horizon. J'ai scruté l'horizon, mais tout ce que je voyais, c'était l'eau et le ciel. Je suis pas mal certain que c'est tout ce qu'il y avait là, mais il faisait semblant qu'il y avait quelque chose d'extraordinaire. En redescendant les marches de l'escalier, j'avais encore plus mal aux jambes. Quand on est arrivés en bas et qu'on est entrés dans la maison, Hollie portait un chapeau !

J'étais si fatigué que tout ce que je voulais faire, c'était retourner au sous-marin, plonger et monter dans mon beau petit lit tout douillet. Au lieu de cela, j'ai passé l'après-midi avec Nicola. Ses parents semblaient ravis qu'elle ait de la compagnie. On a joué aux cartes. On a travaillé à un énorme casse-tête avec une image de chevaux et elle m'a dit le nom de plusieurs choses en portugais. Et même si j'étais trop fatigué pour pouvoir me concentrer, et que je ne pouvais pas me rappeler un seul mot, j'adorais être assis en face d'elle, à la regarder. S'il y avait de vraies sirènes, comme le prétendait Saba, j'étais convaincu qu'elles ressembleraient à Nicola, sans les perçages, peut-être.

Pendant le souper, Arturo m'a demandé où j'allais maintenant. Je lui ai dit que je cherchais l'île perdue d'Atlantide. Est-ce qu'ils avaient déjà entendu dire que l'Atlantide se trouvait peut-être dans les Açores ? Ah oui, a dit Arturo. C'est vrai ? Oui. Génial ! Est-ce qu'il avait une idée où elle était exactement ? Bien sûr, m'a-t-il répondu. Est-ce qu'il pourrait me la montrer ? Oui, bien sûr, tout de suite après le souper.

Et alors, le ventre plein de ragoût, de pain et de fromage, j'ai de nouveau suivi Arturo en haut du phare, mais j'avais du mal à le suivre et j'étais loin derrière. J'avais tellement mal aux jambes et j'étais si fatigué que j'en étais étourdi. Finalement, je suis arrivé en haut de l'escalier et je suis entré dans la grande salle. Arturo m'attendait pour me montrer où se situait l'Atlantide. J'ai repris mon souffle.

Où ? Là-bas. Il a indiqué l'eau depuis la fenêtre. J'ai regardé. Il indiquait la mer. Quoi, loin là-bas ? Oui, a-t-il dit. Et là-bas ! Il a indiqué une autre direction du doigt. Vraiment ? L'Atlantide ? Oui, a-t-il dit. Et là ! Il a indiqué un autre endroit du doigt. « Là ! » a-t-il dit avec beaucoup d'emphase. Puis il a ouvert grand les bras et a fait un grand cercle. « Là ! » a-t-il dit. « L'Atlantique ! » J'ai fermé les yeux. Ah bon. Il pensait que je voulais dire l'océan.

De retour en bas, j'ai remercié tout le monde de leur grande hospitalité. Ils m'ont supplié de rester, mais je leur ai expliqué que j'avais une longue route à faire et très peu de temps. Anna m'a demandé si je pouvais lui laisser Hollie. Je lui ai dit que j'étais désolé, mais que Hollie faisait partie de mon équipage. Nicola avait l'air malheureuse. Elle m'a fait un petit bisou poli sur la joue, puis elle a disparu.

J'ai titubé de façon maladroite jusqu'au sous-marin. Il commençait à faire noir. Hollie m'a suivi, mais il continuait à regarder tout autour de lui. Anna a traversé le champ avec nous et a même commencé à descendre la colline. J'étais trop fatigué pour expliquer à Hollie ce qui se passait. Je lui ai tout simplement dit de mon ton le plus ferme : « Viens-t'en, Hollie ! Viens ! ». Il m'a suivi, mais il pleurnichait et ressemblait à quelqu'un qui quittait un party juste quand ça commençait à être amusant.

Ce n'était pas facile de descendre la falaise avec des jambes fatiguées. Il faisait presque noir. C'était l'heure où on se levait d'habitude. Je suis monté sur le sous-marin et j'ai constaté que, dans mon état de distraction plus tôt, j'avais laissé la trappe ouverte. Comme c'était étrange ! Je n'avais jamais fait ça auparavant. Tant pis ! Je suis descendu dans le sous-marin, j'ai fermé la trappe, j'ai plongé à 15 mètres, j'ai éteint les lumières, je suis tombé dans mon lit, puis je me suis endormi immédiatement.

C'était le petit matin quand je me suis réveillé. Maintenant, mon sommeil était tout à l'envers. Je suis monté à la surface et j'ai ouvert la trappe. Algue est apparu immédiatement. Il semblait pouvoir suivre le sous-marin, même submergé. J'ai donné à manger à l'équipage, je me suis fait une tasse de thé et on est partis en mer. Une heure plus tard, j'ai entendu un bruit bizarre dans la poupe. En me retournant, j'ai été surpris de voir qu'on avait un passager clandestin !

C'était Nicola. Elle avait dû monter à bord avant moi et se cacher dans la proue toute la nuit. Elle m'a fait un drôle de sourire et puis a dit quelque chose en portugais d'une voix excitée. Avec tous ses gestes, elle m'a supplié de la garder. Elle voulait se joindre à l'équipage.

Je savais que ce n'était pas une bonne idée. La décision de faire volte-face et de la ramener chez elle aurait dû être facile à prendre, mais non. En premier lieu, elle insistait beaucoup.

Même si je ne comprenais pas sa langue, je pouvais comprendre beaucoup juste en observant son visage. Comme moi, elle ne voulait pas rester là où elle était née et vivre la vie que ses parents lui offraient. Elle voulait voir le monde et explorer. Je pouvais comprendre cela. On avait le même âge. On aurait probablement beaucoup d'expériences à partager et ça, ce serait amusant. Ce serait amusant de lui apprendre à piloter le sous-marin, comment plonger et plein d'autres choses. Et elle serait de bonne compagnie. Et puis elle était très, très belle.

C'était une occasion où je ne voulais pas penser à ce que dirait Ziegfried parce que je savais parfaitement ce qu'il dirait. Une partie de moi voulait juste s'amuser et ne pas penser à ce qui était « la bonne chose à faire » ou à ce que penseraient les autres. Ça n'aidait pas ma cause d'imaginer qu'Arturo et Anna pensaient probablement déjà que c'était mon idée. Ou peut-être pensaient-ils même que je l'avais enlevée !

Saba m'avait raconté que la Guerre de Troie avait commencé quand Paris avait enlevé Hélène en Grèce et que les Grecs étaient allés en guerre pour la récupérer. Mais, en fait, on n'a jamais su si Hélène s'était fait enlever ou si elle était partie de son plein gré parce qu'elle était tombée amoureuse de Paris. Oh là là ! Si je retournais chez eux, non seulement je devrais faire face à la grande déception de Nicola, mais aussi à la colère de son père. Je ne voulais faire face ni à l'un ni à l'autre.

Mais je devais à Ziegfried d'imaginer ce qu'il aurait dit. Je me rappelais le fusil de mon grand-père qui était tombé des mains de Ziegfried dans l'eau. Ça n'avait pas dû être facile de contredire ce que voulait mon grand-père pour moi, mais il l'avait fait quand même. Il avait fait ce qu'il pensait être la meilleure chose à faire. Mon grand-père pensait à moi aussi et le montrait comme il pouvait. Ils montraient leur amour de façon différente, c'est tout. Les deux avaient beaucoup de confiance en moi. Eh bien, je ne pouvais pas trahir leur confiance en agissant de façon si irresponsable. C'était décidé !

Nicola n'a pas seulement boudé en rentrant, elle a pleuré, et ça nous a pris une heure ! C'était la pire chose à entendre. Elle a pleuré et sangloté comme une petite fille. À un moment donné, elle s'est même couchée par terre et a agité les bras et les jambes en l'air. J'ai allumé la radio, mais elle a juste crié encore plus fort. Ça m'a certainement convaincu que j'avais pris la bonne décision. Si c'est comme ça qu'elle réagissait quand elle n'avait pas ce qu'elle voulait, elle n'était certainement pas prête à quitter sa maison et à partir en mer.

Arturo était debout sur le rocher quand je suis arrivé pour amarrer le sous-marin. Je lui ai fait signe de la main et j'ai essayé de lui expliquer ce qui s'était passé, mais il ne semblait pas du tout fâché contre moi. Il était fâché contre Nicola.

Elle a arrêté de pleurer quand elle l'a vu. Elle a juste roulé les yeux, a poussé un gros soupir et a laissé tomber sa tête. Je les ai regardés escalader la falaise pendant qu'il la chicanait. Puis je suis retourné dans le sous-marin et je suis reparti en mer. J'ai respiré profondément et j'ai haussé les épaules. J'avais déjà entendu parler de gardiens de phare qui souffraient de la solitude, mais toute une famille?

Arturo m'avait averti d'éviter São Miguel, la plus grande île avec la plus grosse population. Si on me voyait par là, les autorités voudraient sûrement estamper mon passeport et insisteraient pour que je reste au moins quelques jours pour pouvoir inspecter mon sous-marin. Je ne devrais pas avoir trop de misère avec Graciosa, une plus petite île d'environ cinq mille habitants seulement.

J'ai décidé de ne pas prendre de risques. Je n'avais pas si hâte de mettre pied à terre, surtout que je risquais de me faire retarder. Mais je suis passé assez près de Graciosa pour pouvoir y jeter un coup d'œil avec mes jumelles.

C'était complètement différent de Corvo. Il y avait une montagne au centre, mais la terre était basse sur le côté nord, et il y avait aussi un beau petit port. J'ai observé plusieurs vaisseaux rapides sur le radar, sans doute des plaisanciers qui profitaient d'un bel après-midi d'été ensoleillé. J'ai même vu avec les jumelles des gens qui faisaient du ski nautique ou qui étaient sur leurs motomarines. On est passés à environ 2 kilomètres de distance, drapeaux baissés pour ne pas attirer l'attention.

On était à la surface de l'eau et ça, c'était tout ce qui était exigé par le droit de la mer pour les sous-marins étrangers dans la zone des 20 kilomètres. Hollie semblait avoir déjà oublié la gentille madame du phare et il profitait de la brise chaude qui passait au-dessus du kiosque. Tout semblait parfait… et j'ai commencé à avoir ce pressentiment.

« Ça doit être mon imagination, Hollie. Qu'en penses-tu ? »

Hollie n'était pas sûr. Il s'est mordu la lèvre et a regardé dans le ciel où Algue voltigeait comme un cerf-volant. Depuis le kiosque, je pouvais entendre le bip du radar. Qu'est-ce qui venait me déranger ?

J'ai descendu l'escalier pour jeter un coup d'œil à l'écran. Dans un coin de la baie, il y avait trois bateaux à moteur qui apparaissaient comme trois lumières sur le radar. C'étaient les gens qui faisaient du ski nautique. Chacun leur tour, ils montaient sur une plateforme dans l'eau. Je les voyais avec mes jumelles. De l'autre côté de la baie, il y avait des motomarines qui s'entrecroisaient dans le port comme des chevaliers en joute. Ça semblait être très amusant, mais le radar montrait trois vaisseaux.

Je suis monté dans le kiosque pour regarder avec mes jumelles. Il y avait bel et bien juste deux motomarines. Hmmm… je trouvais cela étrange. Je suis rentré. Il y avait trois bips sur le radar, mais seulement deux d'entre eux bougeaient. C'étaient les deux personnes en motomarine. Mais qu'est-ce qu'il y avait dans l'eau entre eux ?

Je suis retourné en bas. Quelle journée magnifique ! On les dépassait maintenant. Si les plaisanciers ou les skieurs avaient bien regardé dans notre direction, ils nous auraient peut-être vus passer, mais tout le monde était trop occupé à s'amuser pour regarder la mer. Je me suis gratté la tête. Tous ces gens devaient sûrement savoir ce qui était dans l'eau, entre les motomarines. Mais j'avais toujours ce pressentiment. Puis je me suis rappelé ce que m'avait dit Saba : « Fais confiance à tes sentiments. » Oh là là.

« Qu'est-ce qu'on fait, Hollie ? On continue notre chemin… ou on se rapproche pour voir ce qu'il y a ? Hein ? »

Je savais déjà ce que Hollie voudrait faire. C'était un chien de nature exploratrice.

« D'accord. On va se rapprocher. »

Alors, j'ai fermé la trappe, j'ai plongé au niveau du périscope et je suis tranquillement entré dans la baie. Je savais que je n'étais pas supposé plonger dans la zone des 20 kilomètres, mais je voulais juste jeter un coup d'œil sur l'objet dans l'eau et partir. Ce qui était entre les motomarines dans l'eau devait être en métal parce que ça apparaissait sur le radar. Et s'ils ne savaient pas ce que c'était et le frappaient par accident ? Ils pourraient mourir !

Les gens sur les motomarines se faisaient la course, s'entrecoupaient le chemin et faisaient un grand huit dans l'eau. Ils arrivaient aux extrémités de leurs circuits à peu près en même temps, s'arrêtaient brièvement pour se saluer de la main et puis ils recommençaient leur course. Ils ressemblaient vraiment à des chevaliers sur leurs chevaux, mais sans leurs longues lances. J'ai remarqué que l'objet entre eux avait changé un peu de position. Il devait dériver avec la marée. Mais qu'est-ce que c'était donc ?

À travers le périscope, je ne pouvais pas voir ce que c'était. Alors, à un demi-kilomètre, j'ai fait surface. J'ai ouvert la trappe et j'ai rapidement sorti nos drapeaux. Maintenant, les plaisanciers pouvaient facilement nous voir et aussi toute personne qui regardait depuis la côte. Mais personne n'a arrêté de faire ce qu'il faisait. Ils s'amusaient tous trop.

Lentement, prudemment, on s'est rapprochés. Je me suis mis debout sur le kiosque et j'ai scruté l'eau avec mes jumelles. Maintenant, je pouvais bien voir quelque chose dans l'eau. Quelque chose qui flottait juste sous l'eau et créait une surface plate et sans vagues. Je me suis rapproché un peu plus… et oui, il semblait y avoir quelque chose qui sortait de l'eau.

Un peu plus près encore… et oui, il y avait vraiment quelque chose qui sortait de l'eau. Il y avait plusieurs objets pointus qui sortaient de l'eau. Plus près encore… ça semblait être des pics pointus qui sortaient d'un grand disque rond et noir. Oh là là ! Je me suis immobilisé. C'était une mine marine ! C'était une mine marine de la Seconde Guerre mondiale ! Les motomarines étaient en grave danger ! Tous les gens sur la plage ! Et nous !

Chapitre onze

LES MINES MARINES étaient des fantômes de la guerre. Elles avaient été conçues pour exploser au contact de la coque d'un navire et ainsi tuer tout le monde à bord. Mais parfois elles explosaient simplement à cause de la vibration du moteur d'un navire ou même si elles détectaient un courant électrique différent du leur. On en avait jetées dans la mer par milliers pendant la guerre.

Après la guerre, des navires spécialisés appelés dragueurs de mines étaient passés pour les récupérer. Mais ces navires ne pouvaient pas toutes les trouver, soit parce que plusieurs étaient parties à la dérive, soit parce qu'elles s'étaient trop éloignées. Parfois, elles flottaient pendant cinquante ans ou plus ou dans des endroits étranges, des rivières où elles remontaient avec la marée et se logeaient dans la boue et dans les eaux usées, en attendant que quelqu'un les trouve et les active par accident. Des années plus tard, ces mines tuaient les petits-enfants des soldats qui faisaient la guerre quand les mines étaient tombées dans la mer. Quelle arme malfaisante !

Les gens sur leurs motomarines ont vu le sous-marin et ont arrêté leur joute. Ils se sont mis debout sur leurs « chevaux motorisés » et m'ont dévisagé comme que je me rapprochais graduellement de la mine. Mon plan était de garder la périphérie autour de la mine sécuritaire jusqu'à ce que les autorités arrivent pour s'en débarrasser. Je pourrai ensuite leur expliquer exactement ce qui s'était passé. J'aurais bien essayé de les joindre par radio à ondes courtes, mais je ne parlais pas portugais.

Alors, j'ai attendu et attendu, mais personne n'est venu. Les gens sur leurs motomarines ont attendu eux aussi et se sont rapprochés en dérivant. Ils pouvaient voir que je regardais quelque chose de très près, mais je pense qu'ils avaient plus peur du sous-marin que d'un objet inconnu dans l'eau. Je leur ai fait un signal de la main et leur ai indiqué la mine dans l'eau, mais ils n'ont pas compris. Alors, là, je me suis aperçu qu'ils étaient plus jeunes que moi. Ce n'étaient que des enfants !

La mine se rapprochait de la plage. Bientôt, elle poserait un nouveau danger : elle risquait de heurter un rocher au fond de la baie. Il y avait des nageurs près de la plage et des gens couchés sur leurs serviettes qui nous regardaient, mais personne ne venait régler le problème. Je ne pouvais plus attendre.

Je suis rentré dans le sous-marin et j'ai attaché mes plus longues cordes ensemble pour faire un genre de lasso. J'ai coupé le moteur et je me suis rapproché, propulsé par mes batteries, à environ 60 mètres de la mine. J'ai attaché un bout de la corde à la trappe et j'ai lancé le reste par-dessus mon épaule, puis j'ai sauté dans l'eau. J'ai nagé calmement vers la mine et j'ai jeté la corde par-dessus. Ça a pris cinq tentatives. Je fermais les yeux à chaque fois, comme si cela allait m'aider et je suis retourné au sous-marin à la nage.

Mon plan était de tirer la mine en eaux plus profondes, puis de décider quoi en faire plus tard. Les enfants sur les motomarines ont finalement compris ce qui se passait parce qu'ils ont arrêté de se rapprocher. Ils ont soudainement fait demi-tour et se sont sauvés.

Aussitôt que je suis monté sur le sous-marin, que j'ai mis le moteur en marche et que la corde s'est resserrée… la mine a explosé ! Ça a fait un bruit terrible. Comme un coup de tonnerre ! Je suis monté sur le kiosque. Il pleuvait sur le sous-marin. Une grande vague s'est formée et avançait au large. La vague a frappé le sous-marin et m'a éclaboussé le visage. J'ai pris les jumelles pour scruter la baie. Je ne pensais pas que quelqu'un avait été blessé.

Les gens s'étaient rassemblés sur la plage et me montraient du doigt, tout excités. Il n'y avait aucun doute dans ma tête sur ce que je devais faire maintenant… déguerpir ! J'ai sauté dans le sous-marin, j'ai plongé au niveau du périscope et je suis parti en haute mer à toute vitesse. J'aurais plongé plus profond, mais je voulais qu'Algue soit capable de nous suivre. Je voulais à tout prix sortir de la zone des 20 kilomètres avant que quelqu'un nous attrape. Je me sentirai plus à l'aise d'expliquer la situation dans les eaux internationales.

À une distance de trois kilomètres, j'ai regardé sur le radar. Il y avait un petit groupe de bateaux rassemblés dans la baie, mais personne ne semblait nous poursuivre. Je suis remonté à la surface. J'ai brandi une tranche de pain dans l'air et j'ai attendu qu'Algue arrive. Il n'arrivait pas ! Zut ! Ça, c'était étrange. Il était si habile à ne pas nous perdre de vue. Quelque chose avait dû le distraire. Puis, j'ai eu une pensée terrifiante : où était Algue lorsque la mine avait explosé ?

On devait retourner à la baie.

On ne pouvait plus revenir à la surface maintenant, pas après avoir fui. S'ils pensaient qu'on avait causé l'explosion, puis nous voyaient revenir en vitesse, ils penseraient peut-être qu'on revenait pour faire la même chose. J'ai réfléchi un moment pour essayer de décider quoi faire. Qu'est-ce que je ferais si je protégeais un port et que je savais qu'il y avait un sous-marin étranger dans les parages ?

C'était simple. Je ferais ce que feraient la garde côtière et la marine canadiennes. J'appellerais des avions et des hélicoptères. Je mettrais des appareils d'écoute ultra-sensibles à l'eau et j'organiserais un réseau de radar au large de la baie avec une demi-douzaine de navires. C'est ça que je ferais moi, et donc, c'est en prévision de cela que je me suis préparé.

Je ne savais pas combien de temps on avait pour entrer dans la baie et nous cacher, mais c'était ça qu'on devait faire, c'est sûr ! S'ils arrivaient en avion, ils nous verraient très facilement, à moins qu'on soit cachés sous quelque chose. Et la seule chose sous laquelle on pouvait plonger et se cacher, c'était un bateau.

Ça ne nous a pas pris bien longtemps pour retourner dans la baie. On allait à la batterie à la profondeur du périscope. Il y avait déjà davantage de plaisanciers dans la baie. Les gens qui faisaient du ski nautique étaient probablement venus jeter un coup d'œil. Il y avait aussi des vaisseaux amarrés près de la côte. Des voiliers amarrés ? J'ai scruté la côte avec le périscope. Eh oui, il y avait quelques voiliers ancrés à 200 mètres de la plage. À droite, il y avait une petite jetée sur des pilotis en bois. Je me demandais quelle était la profondeur sous la jetée.

J'ai submergé le sous-marin complètement et je suis arrivé juste au-dessus du fond de la baie. Dans le passé, j'avais compris que si Algue voyait le périscope, il y avait de fortes chances qu'il s'y installerait. Finie l'invisibilité !

Avec le sonar comme guide, j'ai dirigé le sous-marin lentement et tranquillement sous le voilier qui était le plus près de la jetée. J'ai éteint les batteries et le sonar. Maintenant, on ne pouvait pas savoir ce qui se passait à la surface mais, au moins, on ne pouvait pas être détectés. J'attendrai jusqu'au milieu de la nuit, puis je remonterai tout doucement au niveau du périscope pour jeter un coup d'œil sur les environs. En attendant, Hollie et moi, on allait dormir un peu, mais c'était un peu difficile sans savoir si Algue allait bien.

Il était trois heures et demie du matin lorsque j'ai laissé assez d'air entrer dans les réservoirs de ballast pour monter au niveau du périscope. Je l'ai fait bien doucement en faisant le moins de bruit possible. Je n'ai pas allumé le sonar parce que, s'ils avaient laissé tomber des appareils d'écoute dans la baie, ils auraient su immédiatement qu'on était là en détectant nos ondes sonores. Je suis monté sur le vélo et j'ai pédalé juste assez pour retirer le sous-marin d'en-dessous du voilier. Je ne voulais pas le frapper en remontant à la surface.

Aussitôt que le périscope a brisé la surface de l'eau, je l'ai tourné à la recherche de lumières. Il y avait toujours des bateaux dans la baie et des bateaux au large, quoique rien ne bougeait. Est-ce qu'il s'agissait d'un réseau de radar ? Probablement, mais je m'occuperai de ça plus tard. Ma priorité maintenant, c'était de trouver Algue. Pour cela, je devais remonter à la surface de l'eau.

J'ai remonté le sous-marin pour que le kiosque soit à moins d'un mètre au-dessus de la surface, mais la proue et la poupe étaient toujours submergées. Dans la noirceur, à côté du voilier, je ne pensais pas que quelqu'un nous verrait. Aussi tranquillement que possible, j'ai ouvert la trappe et j'ai sorti la tête. Est-ce qu'Algue m'attendait comme c'était si souvent le cas ? Non, il n'était pas là. Mais il y avait un homme dans le voilier et il était très surpris de me voir.

« Sacrebleu ! Qui… êtes-vous ? »

J'étais soulagé d'entendre qu'au moins il parlait anglais. Il avait un accent comme s'il venait d'Angleterre peut-être.

« Mon nom est Alfred. Je viens du Canada. »

« Du Canada ? Du Canada tu dis ? Mais… on te cherche. Les gens te cherchent parce que toi, tú as fait exploser la baie. »

« Je n'ai pas fait exploser la baie. J'essayais de récupérer une mine marine et elle a explosé. »

« Une mine marine ? »

« Oui ! »

« Vraiment ? »

« Comment aurait-il pu y avoir une telle explosion autrement ? »

« Je ne sais pas… parce que tu es en sous-marin, que tu te promènes et que tu fais exploser des trucs. Au fait, pourquoi es-tu en sous-marin ? »

« Je fais de l'exploration. »

« Tu fais de l'exploration en sous-marin ? »

« Oui. »

« Et comme ça tu viens du Canada ? »

« Oui. »

Il a croisé les bras, a fait signe de comprendre de la tête et puis m'a regardé comme s'il essayait de se faire une opinion.

« Quel âge as-tu ? »

« J'ai 15 ans. »

« C'est vrai, ça ? »

« Oui. »

Pendant une longue minute, ni lui ni moi ne savions trop quoi dire. Je pensais qu'il avait environ 60 ans.

« Est-ce qu'ils me cherchaient en hélicoptère aujourd'hui ? »

« Il me semble bien, oui ! En hélicoptère, en avion, en bateau et en scooter. »

« En scooter ? »

« En motomarine. »

« Oh. Je me serais déjà enfui, mais je devais revenir chercher un membre de mon équipage. »

« Un membre de ton équipage ? Je pensais que tu étais tout seul. Ton sous-marin a l'air trop petit pour avoir un équipage. »

« C'est une mouette. »

« Maintenant, tu te moques de moi. Voyons. »

« Non, c'est vrai. Son nom est Algue. »

« Eh bien, je ne sais vraiment pas trop quoi penser, mais je suppose que tu devrais monter à bord pour prendre un verre, Alfred. Qu'en dis-tu ? »

« D'accord. »

Chapitre douze

IL S'APPELAIT RÉGIS. Il venait de l'Australie. Il vivait sur son voilier et avait fait plusieurs fois le tour du monde. Ça lui prenait chaque fois beaucoup de temps. Son dernier voyage autour du monde lui avait pris neuf ans. Et celui d'avant, douze ans. Il s'était marié six fois : à quatre femmes différentes ! Il m'a dit qu'il m'expliquerait cela après avoir pris un verre. Avant, il était négociant de vins en Australie, mais un jour il avait vendu son commerce et sa maison sur un coup de tête. Il avait acheté son voilier et n'avait jamais regardé en arrière. Les Açores, disait-il, étaient un de ses endroits préférés pour « se sécher ». Je ne savais pas s'il parlait de la mer ou de la boisson.

J'ai monté Hollie dans le kiosque, fermé la trappe et suis monté à bord de son voilier. Régis a sorti une corde et un pneu et on a attaché nos deux bateaux ensemble pour que le kiosque du sous-marin soit bien rentré sous la proue du voilier, le pneu entre les deux pour empêcher le frottement. L'eau dans la baie était calme.

« Oui, ils ont inspecté la baie avec leurs hélicoptères puis ils t'ont poursuivi loin en mer. Ils te poursuivent probablement toujours. »

« Je pense qu'ils ont installé un réseau de radars », ai-je dit, en indiquant du doigt les navires à l'horizon.

Régis a regardé très intensément.

« Ah, c'est ça qu'ils font là-bas ? Eh bien. Tu es plus intelligent qu'eux, je pense. J'ai l'impression que tu as déjà vécu quelque chose comme ça. »

« C'est vrai. »

Il a fait un grand sourire.

« Les voilà qui te cherchent comme une aiguille dans une botte de foin, et toi, tu es ici, bien caché, sous mon voilier, mine de rien. Je dirais que ça mérite de prendre un verre ! »

Il a disparu dans la cabine de son voilier et est revenu avec une bouteille de vin et deux verres. Il a essuyé les verres avec sa chemise, les a remplis de vin et m'en a passé un. Je n'avais jamais bu de vin, alors je me disais que je le siroterais tranquillement, juste pour être poli. Régis a levé son verre en l'air.

« Eh bien, on lève nos verres à la rencontre la plus imprévue que j'aie jamais faite sur l'eau et… à notre nouvelle amitié ! »

On a trinqué à notre amitié et j'ai pris une petite gorgée de vin. Ça goûtait le thé très fort et amer, sans sucre ni lait. Pourquoi est-ce qu'on voudrait boire ça? Régis a vidé la moitié de son verre à grandes gorgées.

« Alors, un membre de ton équipage manque à l'appel. Il s'est envolé, n'est-ce pas? Eh bien, je pense que je sais où est ton ami mouette. »

« Vraiment. Tu as une idée? »

« Oui. Je pense bien le savoir. »

« Comment le sais-tu? Où est-il? »

« Tu vois cette colline là-bas? »

Il a indiqué du doigt les lumières d'un petit village à quelques kilomètres de nous.

« Oui? »

« Eh bien, de l'autre côté de ce village il y a un dépotoir à ciel ouvert. »

« D'accord… et alors? »

« En bien, au dépotoir il y a quelques centaines de mouettes. Je gage que ton premier lieutenant s'est fait inviter à ce gros party de mouettes et qu'il a complètement oublié que son vaisseau allait quitter le port. Ce ne serait pas la première fois qu'un matelot manque à l'appel. »

Je me demandais s'il avait raison. Certes, Algue aimait beaucoup passer du temps avec d'autres mouettes quand on arrivait à la côte, mais il n'était jamais resté en arrière. L'idée qu'il passe son temps à un dépotoir ne m'impressionnait pas beaucoup.

« Pourrais-tu m'indiquer comment m'y rendre pour que je puisse voir s'il est là ? »

« Je peux faire mieux que ça, Capitaine. Je vais t'y amener moi-même. »

Alors, Régis, Hollie et moi avons embarqué dans un bateau gonflable et nous avons ramé vers la terre. Il faisait encore noir. Le soleil se lèverait dans une heure. Je craignais que les autorités me repèrent et se demandent qui j'étais, mais Régis m'a dit de ne pas m'en faire.

« Ne t'inquiète pas de ça. Tout le monde sera encore au lit et ça ne les intéresserait pas, de toute façon. »

Hollie était tellement content d'être de nouveau sur la terre ferme qu'il est parti en courant. J'ai marché à côté de Régis à la vitesse d'un escargot. Tout à propos de Régis, y compris ses mouvements, était lent et décontracté. Avec sa chemise déboutonnée, sa peau ridée par le soleil et ses sandales bien usées, il ressemblait à quelqu'un qui était en vacances depuis si longtemps qu'il ne savait pas vivre autrement. J'aurais voulu marcher plus vite, mais il me répétait que ce n'était pas loin et que je ne devais pas m'inquiéter que les villageois se réveillent et me découvrent. « Pour eux », a-t-il dit, « tu n'es qu'un autre touriste descendu du bus. »

On a dépassé le village et on a gravi la colline. À l'horizon, la couleur changeait en bleu et on commençait à entendre le chant des oiseaux. Hollie a ralenti à un petit trot à côté de nous et il gardait le nez au ras du sol pour percevoir tous les sons et toutes les odeurs. De temps en temps, je sentais une odeur terrible, comme si on s'approchait d'une carcasse en décomposition ou quelque chose du genre. Plus on montait la colline, plus ces odeurs nauséabondes augmentaient. Hollie semblait très intéressé par ces mauvaises odeurs.

Quand on est arrivés au sommet de la colline, on a pris un virage à gauche et on a fait le tour d'un petit escarpement. Oh là là… quelle odeur putride! Comme l'avait bien dit Régis, la belle colline cachait un dépotoir à ciel ouvert, qui ressemblait à un cratère de volcan rempli d'ordures. De l'autre côté du cratère il y avait une grande volée de mouettes qui ne s'étaient pas encore réveillées. Les premiers rayons du soleil étaient sur le point d'apparaître au-dessus de la mer.

En regardant les centaines de mouettes endormies, je n'avais aucune idée de quelle façon on trouverait Algue. Puis, j'ai eu une idée.

« Hollie ? »

Il m'a regardé avec enthousiasme.

« Va trouver Algue ! »

Je n'ai même pas eu à le lui dire deux fois. Il est parti à la course comme si c'était la mission la plus importante de sa vie.

« Regarde-moi ça ! »

Régis était impressionné. Moi, j'étais fier. Hollie a couru tout autour du dépotoir, évitant de justesse des piles d'ordures ici et là et sautant parfois par-dessus des objets. Comme il s'approchait de la volée de mouettes, elles ont commencé à se réveiller. Deux ou trois mouettes se sont envolées puis, avec un grand bruit comme celui du vent, toute la volée a fait de même. Elles se sont élevées dans le ciel comme un tapis, leurs cris matinaux perçant l'air comme des sirènes. Hollie a couru sous les mouettes en jappant à tue-tête. Il était dans son élément.

J'ai attendu quelques minutes pour que les mouettes s'éparpillent dans le ciel et commencent à s'envoler en spirale. Certaines mouettes se sont dirigées vers la mer, plusieurs se sont réinstallées par terre et une mouette s'est dirigée directement vers nous.

« Algue ! P'tit chenapan ! »

J'ai pris une poignée de biscuits pour chiens. J'ai jeté un biscuit vers Algue et un autre en direction de Hollie, qui revenait vers nous en courant. Ça, ce n'était pas une bonne idée ! Soudain, des centaines de mouettes se sont abattues sur nous et j'ai compris mon erreur : on ne donne jamais à manger à une seule mouette dans un dépotoir ! On a fait demi-tour et on est repartis en vitesse en direction du village.

J'étais impatient de retourner au sous-marin avant qu'on ne soit repérés, mais Régis a insisté pour qu'on s'arrête à une boulangerie qui était sur le point d'ouvrir.

« Il n'y a rien de mieux que ces boulangeries portugaises », m'a-t-il dit, « et l'odeur du pain frais le matin ! »

Il avait raison. De toute ma vie, je n'avais jamais rien senti d'aussi merveilleux. On est entrés dans la boulangerie sur le devant d'une vieille maison. Des miches de pain et des douzaines de pâtisseries étaient rangées sur les rayons comme des barres d'or. Je voulais tout manger ! Mais je n'avais pas d'argent portugais. « Aucun problème », a dit Régis. Il a acheté deux miches de pain et un sac de pâtisseries. Le boulanger connaissait déjà Régis et a insisté pour qu'il prenne d'autres pâtisseries gratuitement. Quand Régis m'a présenté, le boulanger m'a serré la main et j'ai remarqué que ses mains sentaient bon aussi.

On s'est bourrés de pain et de pâtisseries en marchant vers le bateau, puis Hollie et moi, on est revenus au sous-marin pour dormir. Algue est resté sur le voilier avec Régis. Ils s'étaient liés d'amitié, ce qui était chose rare pour Algue. Il pensait probablement que Régis était un véritable « homme de la mer » et Régis pensait qu'Algue était le meilleur premier lieutenant. En éteignant les lumières et en me couchant dans mon lit suspendu, je pensais que, dans une vie en mer, parfois on se faisait des amis de façon tout à fait inattendue.

Chapitre treize

LE JOURNAL LOCAL disait que des plongeurs avaient examiné le fond de la baie minutieusement et avaient trouvé des morceaux de la mine marine. Cette preuve était corroborée par les récits de première main des jeunes sur les motomarines, qui affirmaient avoir vu le sous-marinier qui essayait de tirer la mine au large.

Les jeunes, âgés de douze ou treize ans, ont seulement dit que le sous-marinier avait été très brave et qu'ils pensaient qu'il avait été blessé par l'explosion. Alors, ce qui avait commencé comme une recherche en haute mer d'un sous-marin étranger terroriste s'est transformé en histoire de sous-marinier solitaire qui parcourait les mers pour défendre la justice. « Les habitants de Graciosa éprouvent une immense gratitude envers le sous-marinier solitaire et ils espèrent qu'il ne souffre pas trop de ses blessures… », a lu et traduit Régis dans le journal du matin.

« Maintenant que tu es un héros local, Alfred, on peut se promener dans le village la tête haute et manger dans le café gratuitement. »

Il a ri.

« Non, merci. Je préfère garder ma présence secrète. »

Mon histoire avait déjà paru dans le journal et je savais comment les journalistes peuvent changer l'impression que les gens ont de toi. J'avais aussi appris que les nouvelles étaient comme des films et qu'on essayait toujours de les rendre plus divertissantes sans s'inquiéter de savoir si c'était vrai ou pas.

Régis a poursuivi sa lecture qui disait, par exemple, que le sous-marinier avait été identifié comme un citoyen suisse puisque les jeunes sur les motomarines avaient vu un drapeau rouge et blanc et quelqu'un a mentionné une croix rouge sur un fond blanc. Quand quelqu'un d'autre a contesté cette affirmation sur le fait que la Suisse est un pays sans accès à la mer, l'affirmation a été soutenue en disant que la Suisse avait la réputation d'être un pays « neutre », siège de la Croix-Rouge, des chiens Saint-Bernard et que les Suisses avaient la réputation de venir en aide aux gens.

« Eh bien », a dit Régis, « tu ne peux pas nier ça. Je suppose que tu es suisse. »

J'étais content d'apprendre qu'on ne me pourchassait plus et que je pouvais quitter la baie la nuit-même sans me faire détecter. Mais j'ai fini par rester quelques jours parce que c'était amusant. Comme moi, Régis était un être nocturne. Il aimait se coucher quand le soleil se levait, dormir tard dans l'après-midi, puis rester éveillé toute la nuit. De temps en temps, il changeait son horaire pour profiter de la journée.

Une des choses qu'il préférait dans les Açores, c'était de faire une randonnée dans les collines, de trouver une des sources chaudes et puis de s'y baigner longuement. C'était bon pour le corps et pour l'âme. Alors, c'est ce qu'on a fait. C'était surtout très excitant pour Hollie, qui semblait comprendre parfaitement qu'on faisait une longue randonnée et donc il a établi un bon rythme et a bu beaucoup d'eau. Algue, par contre, nous a rejoints pendant cinq minutes seulement, puis s'est envolé, probablement pour retourner au dépotoir.

L'île de Graciosa est tellement belle. Un peu comme Terre-Neuve parce que c'est rocailleux, mais plus vert. Il y a de petites fermes, des champs verdoyants et des collines ombragées. La plus grande différence est qu'il y fait beaucoup plus chaud. En escaladant les collines, avec une vue splendide sur la mer, on avait la sueur au front. Hollie haletait.

« On n'en a plus pour longtemps », a dit Régis, « et croismoi, ça en vaut la peine. »

Le sentier menait à un petit lac au sommet d'une colline qui avait autrefois été un volcan. À côté du lac, il y avait des sources chaudes qui jaillissaient du plus profond de la croûte terrestre. Certaines étaient si chaudes qu'il fallait faire attention où on posait les pieds.

Vêtus seulement de nos shorts, on s'est aventurés tout doucement dans l'eau pour trouver des endroits confortables pour se coucher. Après quelques minutes, je me suis accoutumé à la température de l'eau et je pensais alors que c'était la sensation la plus agréable au monde. Hollie a reniflé l'eau, l'a léchée, l'a touchée avec sa patte, a jappé un peu, puis finalement s'est installé à l'ombre et s'est endormi. Ça avait été toute une randonnée pour lui.

« Alors, Alfred », a dit Régis, « où vas-tu maintenant ? Quels sont tes plans ? »

Régis me parlait les yeux fermés, ses orteils sortaient de l'eau.

« Je cherche l'île perdue d'Atlantide. »

« Vraiment ? »

« Oui, eh bien, en quelque sorte. Personne ne sait si elle existe vraiment. Mais si elle existe, elle est probablement quelque part en Grèce. Des gens disent que l'île pourrait se trouver aux alentours d'ici, mais plus vraisemblablement, elle est au large de l'île de Théra, dans la Méditerranée. C'est là où Jacques Cousteau la cherchait. »

« Et il l'a trouvée ? »

« Il a trouvé beaucoup de morceaux de pots cassés, des statues et d'autres objets. Mais tout ça, ça avait peut-être été jeté à la mer par des navires. Personne ne le sait vraiment. »

« Très intéressant. Je ne pense pas que ce soit près d'ici.

Personne n'en parle ici, mais ils en parlent en Méditerranée. Et tu as plus de chance de rencontrer des sirènes là-bas et ça, ça signifie quelque chose. »

J'ai levé la tête « Tu crois aux sirènes ? »

« La question n'est pas vraiment si je crois aux sirènes ou non. Il y a certainement quelque chose là. C'est plutôt question de savoir ce que c'est. Mais si tu m'en avais parlé il y a vingt ans, je t'aurais dit que tu étais complètement fou. »

« Et maintenant ? »

« Maintenant, je crois qu'il y a quelque chose, mais je ne peux pas te dire ce que c'est. Laisse-moi te le dire comme ça : plus tu restes en mer, plus tu te rends compte à quel point tu n'es pas seul. »

« Oh, et qu'est-ce qu'il y a d'autre ? »

« Eh bien, des fantômes. Tous les marins qui font le tour du globe, et il y en a plus que tu ne pourrais t'imaginer, ont vu apparaître des fantômes sur le pont de leur voilier de temps à autre. Certains les voient régulièrement. »

« Des fantômes ? Vraiment ? »

« Oui, vraiment. La mer est un endroit tragique et solitaire, Alfred. Je veux dire, qu'il y en a parmi nous qui ne voudraient pas être ailleurs, ne pourraient pas être ailleurs. Tu es peut-être un peu comme ça, je pense. Mais au bout du compte, c'est un endroit tragique et solitaire et c'est cela qui attire les fantômes. »

« Oh, et les sirènes aussi ? »

« Eh bien, ça c'est une autre histoire. Les sirènes ne sont

pas effrayantes et je ne crois pas qu'elles veulent attirer un homme à sa mort, comme le prétendent certaines personnes, mais je pense qu'elles ont un côté malicieux, c'est sûr. »

« En as-tu déjà vues ? »

« Non, je n'en ai jamais vues, mais je les ai entendues et ce n'est pas un son particulièrement agréable. C'est un son très perçant. »

« C'est ce que me dit mon amie. »

J'étais surpris par les similarités entre les descriptions des sirènes de Régis et de Saba.

« Si tu passes assez de temps à voyager sur la Méditerranée, tu vas sûrement entendre des sirènes toi-même. As-tu déjà voyagé en Méditerranée ? »

« Non, pas encore. »

« Eh bien, tu vas adorer ça. Et les îles grecques… c'est le paradis. Mais je ne pense pas que les gens aient le droit de faire de la plongée dans les eaux grecques sans l'autorisation du gouvernement. Ça, c'est probablement impossible à obtenir. »

« Je sais. Je ne veux pas plonger pour ramasser des objets, juste pour regarder. Je ne toucherai à rien. »

« Mais si tu vois un trésor ? »

« Je suppose que je le rapporterai aux autorités grecques. »

« Ça me semble très excitant. Peut-être que tu verras des sirènes. J'ai le goût d'y retourner moi-même. Comment vas-tu passer par le détroit de Gibraltar dans ton sous-marin ? »

« Je suis pas mal astucieux. »

« Ça, je peux bien le croire. »

« Mais la plupart du temps, je suis la Convention sur le droit de la mer. »

« La Convention ? »

« Ouais. »

« Je vois. Et qu'est-ce que tu fais pour les pirates ? »

« Je n'en ai pas encore rencontré. Et toi ? »

« Ah oui ! Ce sont des vrais sauvages ! Si jamais tu vois des pirates, Alfred, plonge sous les vagues et disparais aussi vite que possible. Les pirates se fichent de ton âge. Ils pensent seulement à ce qu'ils peuvent te voler et comment ils peuvent te faire mal. »

« T'ont-ils déjà volé des choses ? »

« Beaucoup ! Et plusieurs fois ! Mais ce qui m'a fait vraiment peur, c'est de voir un voilier qui venait de se faire attaquer par des pirates et tout son équipage mort. »

« Mort ? Vraiment ? »

« Oui, ils étaient coupés en morceaux. »

« Oh mon Dieu ! »

« Ouais. Tout le pont du voilier était recouvert de sang. J'en avais mal au cœur. Tout ce que tu as déjà entendu dire d'horrible sur les pirates est vrai et pire encore ! »

« Mais moi je pense que je devrais être pas mal en sécurité dans mon sous-marin. »

« Je pense que tu as raison. Mais fais bien attention. Il faut surtout surveiller les voiliers qui font semblant d'être en panne, mais qui ne le sont pas vraiment. Ça, c'est un de leurs stratagèmes. Ils vont brandir un drapeau blanc et faire semblant d'être en détresse. Puis, quand tu arrives assez proche, ils vont tirer sur toi et prendre ton sous-marin. Et ils te tueront probablement. »

« Mais comment peut-on savoir s'il s'agit vraiment d'un voilier en détresse ? »

« Tu devrais pouvoir le savoir si tu gardes les yeux grand ouverts. Regarde bien avec tes jumelles avant de te rapprocher. Demande-leur de s'identifier et de faire monter tout l'équipage sur le pont du voilier. Si tu as un doute quelconque, reste loin du vaisseau et contacte les autorités tout de suite. »

J'appréciais les conseils d'un marin si expérimenté. J'espérais ne jamais rencontrer de pirates. Et si j'en rencontrais, j'espérais bien que mon pressentiment du danger fonctionnerait.

Après trois jours, il était temps de retourner à la mer. On est sortis ensemble, voilier et sous-marin, jusqu'à une dizaine de kilomètres. Régis et Algue étaient au-dessus des vagues et Hollie et moi, juste en-dessous pour faire un seul bip sur le radar, même s'il n'y avait aucun réseau de détection en place. Quand j'ai entendu Régis couper son moteur, j'ai coupé le nôtre. Je suis remonté juste à côté de son voilier. C'était en plein milieu de la nuit et on était tous complètement réveillés.

« Je ne vais pas plus loin que ça pour l'instant, mon jeune capitaine », a dit Régis. « Mais j'ai l'impression qu'on va se rencontrer de nouveau un jour. La mer a une façon mystérieuse de faire se retrouver les bons amis. »

« J'espère bien », ai-je dit. Et c'était la vérité.

Régis s'est mis debout et m'a salué. Je l'ai salué en retour. Il a redémarré son moteur et a fait demi-tour. J'étais triste en le voyant partir. Il semblait si seul. Il vivait tout seul. Il n'avait même pas d'équipage comme moi. En parlant d'équipage, Algue était encore sur son voilier. En les voyant disparaître dans la noirceur, je commençais à me demander… puis j'ai entendu un cri familier et mon premier lieutenant est revenu se poser sur le sous-marin.

« Au revoir, Régis ! » ai-je crié.

« Au revoir, mon ami ! Reste prudent et garde les yeux grand ouverts pour les pirates. »

C'est exactement ce que j'allais faire.

Chapitre quatorze

LE VENT FAISAIT se retourner les coins de la gueule de Hollie et forçait Algue à travailler fort pour rester avec le sous-marin en s'approchant de la côte du Portugal. Les deux avaient besoin d'air frais. On était restés submergés pendant trop longtemps. Ça avait été un long voyage de quatre jours depuis les Açores. On était restés à la surface juste assez longtemps pour charger les batteries, environ quatre ou cinq heures à la fois, puis on plongeait encore pour profiter de la paix et du calme à 30 mètres.

J'ai fait beaucoup d'exercices à pédaler, mais ça avait été trop long pour garder un chien et une mouette enfermés. Hollie avait bien aimé notre voyage dans les Açores et avait hâte de faire une nouvelle randonnée. Je n'étais pas sûr quand je pourrai encore le faire sortir comme ça, mais je ferai de mon mieux.

On était à environ 30 kilomètres de la terre, toujours dans les eaux internationales, quand j'ai pensé avoir entendu un bip sur le radar. Je suis monté dans le sous-marin. Non, il n'y avait rien sur le radar. Je suis remonté dans le kiosque. Hollie était toujours sous mon bras. De nouveau, j'ai cru entendre le bip du radar. Le vent soufflait fort. De temps en temps, on entendait Algue au-dessus de nous, mais le bip du radar était un son très particulier et n'avait rien en commun avec le cri d'une mouette.

Je suis rentré dans le sous-marin et j'ai surveillé l'écran. Rien ! J'imaginais que, bientôt, il y aurait du trafic maritime nord-sud le long de la côte, comme chez nous, mais pour l'instant, il n'y avait rien. Je suis monté dans le kiosque de nouveau et j'ai bloqué les rayons du soleil de ma main. Est-ce qu'il y avait quelque chose dans la mer directement devant nous ?

BANG ! On avait frappé quelque chose. On avait frappé quelque chose qui flottait juste en-dessous de la surface. La force de l'impact m'a presque catapulté en arrière, hors du kiosque. Je n'avais qu'une main libre pour agripper la trappe. L'autre main tenait Hollie et je l'ai serré tellement fort qu'il a poussé un petit cri. Le sous-marin ballottait d'avant en arrière pour pousser ce qui était sur son chemin. Je me suis précipité dans le sous-marin pour éteindre le moteur. J'ai vite regardé la proue pour voir s'il y avait une fuite. Non. J'ai mis Hollie par terre et je suis ressorti. Droit devant nous, dans l'eau, il y avait un long conteneur, de la sorte qu'on charge sur des trains et qu'on empile sur des cargos. On les empile par centaines sans les attacher et c'est commun pour les navires d'en perdre quelques-uns pendant une grosse tempête. La plupart des conteneurs coulent, mais ils peuvent flotter selon ce qu'ils contiennent. Dans ce cas-là, ils deviennent très dangereux pour les voiliers et les autres vaisseaux. Cela expliquait les bips irréguliers sur le radar. Dans une grosse vague, peut-être qu'une partie du conteneur était ressortie de l'eau et le radar l'avait détectée, puis il avait disparu de nouveau.

J'ai attaché mon harnais et suis monté sur la proue du sous-marin pour voir s'il y avait une brèche. Il y avait une grosse déchirure le long d'un côté du conteneur, mais je ne voyais pas de dommages au sous-marin. Le design ingénieux de Ziegfried permettait au sous-marin de résister aux impacts sans dommages. C'était comme une balle en métal avec un intérieur en bois, et une épaisse couche de caoutchouc entre les deux, qui rebondissait au choc avec un objet.

J'avais deux idées en tête. D'abord, je voulais savoir ce qu'il y avait dans le conteneur, après tout il n'appartenait plus à personne et je pouvais prendre son contenu. Ma deuxième pensée était de vouloir le faire couler pour empêcher qu'il frappe d'autres vaisseaux.

J'ai attendu pour voir si la déchirure qu'on avait causée

allait le faire couler. Je ne voulais pas m'amarrer au conteneur s'il allait couler au fond de la mer. Après plus d'une heure, il n'avait pas disparu sous les vagues. Il flottait et le haut était juste à la surface de l'eau de sorte qu'on pouvait y monter, même si les vagues le recouvraient. J'ai amarré le sous-marin à deux coins du conteneur sans serrer pour pouvoir rapidement détacher les cordes si jamais il commençait soudainement à couler. Puis, j'ai attaché une plus longue corde à mon harnais et je suis sorti pour inspecter le conteneur de plus près.

La déchirure était près du dessus et je pouvais voir une boîte en carton qui était coincée dans la brèche. La boîte en carton était assez légère pour pouvoir flotter. J'ai sauté sur le conteneur, je me suis accroupi et j'ai tenu le bord avec mes mains pour pouvoir ramper vers la brèche.

Si jamais un voilier en bois ou en fibres de verre entrait en collision avec un conteneur comme celui-ci, l'impact briserait sa coque et le vaisseau coulerait très vite. Quelle façon dangereuse de transporter des marchandises !

En m'accroupissant, je ne pouvais pas atteindre la brèche. Je devais sauter dans l'eau. L'eau n'était pas trop froide, mais les vagues poussaient le sous-marin et le conteneur l'un contre l'autre. J'allais juste y jeter un coup d'œil, puis me tirer de là bien vite. J'ai atteint la déchirure, j'ai mis la main sur la boîte en carton et l'ai ouverte. Et là, à ma grande surprise, j'ai vu sortir un flot de petites poupées, emballées dans du plastique. Elles flottaient. Est-ce que le conteneur était plein de jouets ?

D'après ce que je pouvais voir, il y avait un mètre d'air à l'intérieur du conteneur et les boîtes flottaient. J'ai essayé de voir plus loin dans le conteneur, mais il n'y avait pas assez de lumière. Donc je suis retourné dans le sous-marin pour prendre une lampe de poche et une gaffe. La gaffe mesurait deux mètres de long avec un crochet à un bout. Avec mon bras tendu, je pouvais atteindre presque trois mètres.

J'ai sauté dans l'eau de nouveau. J'ai accroché la corde de mon harnais autour du métal tranchant de la brèche. J'ai introduit la gaffe dans le trou avec une main et j'ai allumé la lampe de poche de l'autre. La lampe de poche a éclairé des centaines de boîtes en carton qui étaient toutes agglutinées en haut du conteneur. C'est ça qui le gardait à flot. J'ai tiré sur une autre boîte avec la gaffe. Le carton mouillé s'est déchiré facilement et de petits jouets dans des emballages de plastique en sont sortis et ont flotté vers moi, puis se sont échappés par le trou.

Il y avait des pistolets à eau, des balles, des yo-yos, des fusils, des petites poupées, des Frisbees, des cordes à sauter et ainsi de suite. Tous en plastique ou en caoutchouc et donc tous flottaient. C'était drôle de voir les jouets flotter devant moi, comme si le Père Noël avait laissé tomber le sac de cadeaux de son traîneau lorsqu'il traversait l'océan.

Je voulais prendre tous les jouets pour qu'ils ne soient pas perdus, mais il y en avait trop. Et qu'est-ce que j'en ferais ? Et où est-ce que je les mettrais dans le sous-marin ? Puis la lumière de la lampe de poche a illuminé des images sur d'autres emballages et il y avait là deux choses que je voulais vraiment : des bateaux télécommandés et des fusils à plombs. Je me disais que je pourrais me servir des bateaux télécommandés un jour. Et les fusils à plombs ? Eh bien… j'en avais toujours voulu un et n'en avais jamais reçu.

Le problème était que ces boîtes étaient coincées de l'autre côté du conteneur. J'ai essayé de les déloger en tirant sur quelques autres boîtes, mais il n'y avait rien à faire. Beaucoup de boîtes ont flotté devant moi pour aller sortir par le trou dans le conteneur. Si je voulais les fusils et les bateaux, il faudrait que j'entre dans le conteneur et ça, ce n'était pas une bonne idée.

Je savais que ce n'était pas une bonne idée. Je l'ai même dit à voix haute. Je le disais en entrant dans le conteneur avec la gaffe. Les fusils et les bateaux n'étaient pas loin, il fallait juste que je m'étire… mais mon poids a déséquilibré le conteneur. Soudain, j'ai laissé échapper la lampe de poche.

Maintenant, je ne pouvais presque rien voir sauf la lumière autour du trou dans le conteneur qui était partiellement bloquée par les boîtes qui sortaient du trou. J'aurais dû penser à ça aussi parce que ça modifiait la flottabilité du conteneur. C'est juste que je voulais tellement ces fusils et bateaux et j'étais presque là… juste un tout petit peu plus loin… et… le conteneur a commencé à couler !

On pourrait penser que le fait d'être enfermé dans un conteneur qui coulait me ferait paniquer et oublier les quelques jouets que je voulais, mais je me suis étiré vers la boîte de fusils à plombs et, en faisant ainsi, j'ai accroché ma corde dans le métal de la déchirure dans le conteneur. J'ai respiré profondément pendant que le mètre d'air dans le conteneur était remplacé par l'eau de mer et que le tout n'avait plus aucune raison de rester à flot.

D'un côté, j'étais content de ne pas avoir paniqué. La panique en haute mer est toujours dangereuse. De l'autre côté, je m'étais un peu trop acclimaté à de telles situations, sachant très bien que je pouvais retenir mon souffle pendant deux minutes complètes. Mais cela ne m'aiderait guère si j'étais enfermé dans un conteneur au fond de la mer.

La corde a raidi et le conteneur, les jouets et moi-même avons tous commencé à descendre. Cependant, je savais qu'il y avait une petite mesure de sécurité puisque le conteneur était amarré au sous-marin par deux de ses côtés, même si la corde était plutôt lâche. Sûrement la flottabilité du sous-marin empêcherait le conteneur de couler plus que de quelques mètres. Ce que je n'avais pas prévu, c'était que j'avais attaché les deux cordes au dessus du kiosque. Aussi quand le conteneur a commencé à couler, il a simplement fait chavirer le sous-marin.

En fait, il était sur le point de renverser le sous-marin complètement ! Tout à coup, j'ai pensé à Hollie et je me suis propulsé à travers le trou à toute vitesse. La corde était prise dans le métal déchiré, mais je l'ai tirée de toutes mes forces. J'ai paniqué pendant une seconde avant de pouvoir libérer la corde. En regardant environ trois mètres plus haut, j'ai vu que le conteneur tirait le sous-marin sur le côté.

J'ai atteint un côté du conteneur et j'ai libéré une des cordes. Je me trouvais maintenant à environ cinq mètres sous la surface de l'eau et le kiosque touchait presque la surface. Les vagues devaient inonder le sous-marin. J'ai atteint l'autre corde et je l'ai tirée de toutes mes forces. Mais défais-toi !

Lentement, au bout de ce qui semblait une éternité, la corde s'est défaite de l'autre coin. Je l'ai laissée aller. Le sous-marin était sur le côté. Je l'ai regardé à presque six mètres au-dessus de moi. Des boîtes sortaient toujours du conteneur et passaient juste devant moi. « S'il te plaît, remets-toi à l'endroit ! » ai-je dit au sous-marin, le suppliant… et il l'a fait.

En remontant à la surface à la nage, j'ai regardé en bas pour voir le conteneur disparaître tranquillement sous moi. Je me demandais jusqu'où il allait couler avant que la pression ne l'écrase comme une boîte de conserve. J'ai nagé jusqu'au sous-marin et je suis monté à bord.

« Est-ce que ça va, Hollie ? »

J'ai entendu ses aboiements excités. Merci, mon Dieu ! Il était sain et sauf. J'ai cherché Algue dans le ciel et il me regardait comme pour dire, que fais-tu là, toi ? Je l'ai salué de la main.

« Ça va, Algue », ai-je crié, « c'était juste une erreur stupide. »

« Stupide ? » C'était le moins qu'on puisse dire. À quoi est-ce que j'avais pensé ?

Il y avait des jouets dans leur emballage de plastique partout à la surface, là où le conteneur avait coulé. Tout ce qui n'était pas étanche dans un emballage en plastique coulait au fond de la mer. Heureusement pour moi, les fusils à plombs avec leur manche en bois étaient emballés dans du plastique. J'en ai trouvé six. J'ai gonflé le petit bateau pneumatique et, Hollie et moi, on a fait le tour en ramassant des jouets jusqu'à temps qu'on ait toute une pile dans le bateau pneumatique. Je ne savais pas trop quoi faire avec les jouets, mais je ne pouvais pas les laisser dans la mer.

On a aussi récupéré huit bateaux télécommandés en fer blanc, chacun mesurant environ 25 centimètres de long. Hollie était super content d'avoir trouvé une balle en caoutchouc. Même Algue s'est joint à nos efforts en plongeant du ciel pour ramasser des paquets aux couleurs vives pour ensuite les laisser tomber dans le kiosque. Il visait juste et ne ratait jamais son coup.

Mais je savais que je ne méritais pas les jouets pour lesquels j'avais bêtement risqué toutes nos vies. À 40 kilomètres de la côte, Algue aurait probablement survécu, mais Hollie et moi on serait morts si je n'avais pas réussi à sortir du conteneur qui coulait.

Pendant un bout de temps, le fait de me priver de jouer avec les fusils à plombs semblait être la bonne chose à faire. Mais je n'ai pas pu m'empêcher d'en ouvrir un, d'enlever le petit sachet de plombs collé au manche du fusil, d'en mettre dans le fusil et de tirer. Puis j'ai attaché une boîte de conserve à quelques ballons gonflés et je l'ai laissée partir à la dérive. Je me suis exercé à tirer sur la boîte de conserve. Le plomb a déchiré la boîte de conserve comme si c'était du papier.

Ensuite, j'ai tiré sur les ballons. Je devrais trouver une autre façon de me punir pour ma faute avec le conteneur, les fusils étaient trop amusants.

J'ai réussi à trouver de la place pour tous les jouets dans le sous-marin. Je les ai cachés un peu partout, dans tous les petits recoins. Quelques-uns sont allés dans le compartiment du moteur, quelques-uns sous le plancher, et d'autres sous le matelas de mon lit. Hollie adorait sa balle en caoutchouc et jouait constamment avec. Algue essayait de la prendre quelquefois, mais Hollie ne le laissait pas y toucher. Il savait même comment ça s'appelait. Si je lui disais : « Où est la balle ? », il venait immédiatement avec la balle dans sa gueule. Mais il refusait de me la donner.

D'après mes calculs, on s'approchait vite de la côte du Portugal, à environ 300 kilomètres au nord de Lisbonne. À 25 kilomètres de la côte, on a vu notre premier vaisseau sur le radar, puis le deuxième, puis beaucoup d'autres ! J'ai fait faire au sous-marin un arc vers le sud et je me suis faufilé dans le trafic maritime constant.

Les navires qui allaient vers le nord restaient plus proches de la côte que ceux qui se dirigeaient vers le sud. J'essayais de rester à 7 ou 8 kilomètres de tout autre vaisseau et j'ai allumé nos lumières. C'était mieux de se cacher en se faisant passer pour n'importe quel autre navire, une lumière lointaine dans l'eau.

Mais rester à 7 ou 8 kilomètres de tout autre vaisseau n'était pas évident. Certains vaisseaux étaient plus rapides que d'autres. J'ai surveillé le radar et j'ai essayé de ne pas laisser un autre navire se rapprocher assez pour pouvoir nous identifier. Je voulais que tout le monde pense qu'on était un autre voilier voyageant dans la Méditerranée en vacances et non pas un sous-marin d'exploration canadien de Terre-Neuve qui cherchait l'île perdue d'Atlantide.

Le plus difficile était de traverser les lignes de trafic et de plonger pour dormir. Pour les navires qui surveillaient leur radar de près, on aurait eu l'air d'avoir coulé ! J'ai traversé la ligne de trafic à la vitesse d'un voilier. J'ai cherché une baie avec d'autres bateaux et j'ai plongé. Je doutais que quelqu'un puisse suivre nos mouvements jusque dans la baie. Ils ne compteraient pas le nombre de bateaux amarrés dans la baie et ne remarqueraient pas qu'une lumière venait de disparaître de leur écran. Mais c'était possible.

J'ai ramassé Hollie et on est montés au kiosque pour prendre l'air avant de descendre dormir. Le Portugal s'étirait devant nous comme un géant endormi. Des lumières couvraient les collines comme des lucioles. Le soleil se lèverait bientôt. Hollie reniflait l'air. Il pouvait sentir la terre.

« Bientôt, Hollie », lui ai-je dit. « Bientôt. »

Chapitre quinze

JE ME SENTAIS COMME une bulle de savon aspirée par la baignoire qui se vide. Des douzaines de navires, grands et petits, convergeaient du nord et du sud vers l'entonnoir qu'était le détroit de Gibraltar. Plus il y avait de trafic en haut de l'entonnoir, plus il était difficile de rester à la surface. Et, finalement, on n'en pouvait plus.

Avec le lever du soleil et le navire le plus proche à une distance de 3 kilomètres, on a plongé. On a disparu de vue et du radar. On n'avait vraiment pas le choix. Je suppose qu'on aurait pu voyager à la surface avec nos drapeaux levés en toute légalité, puisqu'on était toujours dans la zone des 20 kilomètres de tout pays mais, en passant par le détroit de

Gibraltar, on serait dans la juridiction de la Grande-Bretagne et de l'Espagne et quelqu'un se demanderait sûrement ce qu'on venait faire dans la Méditerranée.

Le détroit de Gibraltar est une voie étroite entre l'Europe et l'Afrique. La côte nord appartient à l'Espagne, sauf pour la pointe la plus au sud qui appartient à la Grande-Bretagne, un point de discorde pour l'Espagne. La côte sud appartient au Maroc sauf pour le coin en haut, qui appartient à l'Espagne, un point de discorde pour le Maroc. Au point le plus étroit, le détroit mesure seulement un peu plus de 12 kilomètres de large. Mais l'eau est d'une profondeur de plus de 300 mètres.

Les 100 mètres d'eau supérieurs sont parcourus par un puissant courant qui déverse l'eau de l'Atlantique dans la Méditerranée. Les 200 mètres d'eau inférieurs se déversent dans la direction inverse ! Et l'espace où les deux courants se rencontrent est une vague, comme à la surface, sauf à 100 mètres de profondeur !

Les sous-marins militaires qui quittent la Méditerranée plongent sous la vague, ferment tout et dérivent avec le courant qui les pousse vers l'Atlantique. Ils sont silencieux et impossibles à détecter. Les sous-marins qui entrent dans la Méditerranée font la même chose, mais au-dessus de la vague. Ça semblait assez simple comme principe. Il faudrait faire comme tous les autres sous-marins et faire semblant de ne pas être là.

Mais, en premier, je devais dormir. Avec mes batteries, je

me suis dirigé vers des eaux moins profondes. Le Maroc semblait être un meilleur choix que l'Espagne puisqu'il n'avait pas de marine puissante et il n'était pas en conflit avec le Canada non plus. Au milieu de la matinée, on a plongé à 75 mètres à 15 kilomètres au large de Tanger. J'ai tout fermé et je me suis endormi paisiblement. La dernière chose que j'ai entendue était Hollie qui poussait un soupir.

On a mangé un bon petit-déjeuner. J'ai régalé l'équipage avec des sandwichs au thon sur du pain beurré. J'ai découpé les sandwichs en petits morceaux, puis j'ai ouvert une boîte de pâté de chien qui puait. L'équipage était très excité par l'odeur. Moi, je devais me pincer le nez. On n'allait pas remonter à la surface de toute la journée. Je voulais qu'ils soient heureux.

Pour rejoindre le trafic maritime, j'ai commencé à pédaler toujours à une profondeur de 75 mètres. Quatre heures plus tard, j'ai dirigé le sous-marin dans le courant, j'ai fermé le sonar et j'ai laissé le courant nous tirer à travers le détroit comme une feuille dans une rivière. Je me suis installé confortablement avec une tasse de thé et un petit chien enjoué à mes pieds. Hollie était préoccupé par le bout d'une corde. Il était tellement occupé par la corde qu'il n'a même pas vu Algue picorer sa balle et je ne le lui ai pas fait remarquer. Si Algue détruisait sa balle, je n'avais qu'à lui en donner une autre. On en avait environ 17 dans le compartiment du moteur.

Doucement et tranquillement, on a glissé à travers le

détroit, aveugles, sourds et muets. J'ai gardé le sonar fermé pour empêcher de nous faire espionner par un vaisseau avec un équipement sensible qui pourrait entendre ses bips. C'était tranquille et calme, et pourtant je me rongeais les ongles en poussant de gros soupirs. C'était tellement calme que c'en était déconcertant. Sans sonar, on ne pouvait même pas savoir si on avançait, mais je savais que c'était le cas. Il fallait tout simplement attendre.

Mais le temps s'étirait. Quand j'ai pensé qu'on devait être à mi-chemin, j'ai vérifié l'horloge. Seulement trois heures s'étaient écoulées ! Maintenant, quand je poussais un soupir, Hollie en poussait un lui aussi. Algue avait sombré dans un sommeil profond. J'ai essayé de lire, mais je ne pouvais pas me concentrer. Si seulement je pouvais allumer le sonar je pourrais voir où on était et à quelle vitesse on avançait. Mais je ne pouvais pas dévoiler notre présence dans le détroit.

Et puis, on a heurté quelque chose. On n'avait pas frappé l'objet très fort, mais ça m'avait vraiment surpris. Quel bruit ! C'était un bruit fort et caverneux, comme si on avait rebondi sur quelque chose. Un autre conteneur, peut-être ? On ne dérivait pas vite, peut-être à une vitesse de cinq kilomètres à l'heure, mais probablement plus vite que l'objet qu'on avait frappé, grâce à notre nez de dauphin et à notre belle forme aérodynamique.

Au moins, je pouvais voir qu'on dérivait en avant et non en arrière ou de côté puisque l'objet nous avait frappé près de la proue. Si on décrivait de grands cercles dans l'eau, je pense que j'aurais pu le détecter par le mouvement du sous-marin.

Les minutes se sont écoulées comme des heures et puis on a heurté quelque chose d'autre ! Cette fois-ci, on l'a frappé de front et j'ai entendu l'objet gratter tout le côté tribord du sous-marin. J'ai eu une pensée effrayante : on se heurtait à des objets plus petits que nous, des débris, qui tombaient peut-être des navires, tout comme le conteneur qu'on avait fait couler dans l'Atlantique. Et s'il y avait des mines marines autour de nous ? Ça s'était produit dans les Açores.

Je n'en pouvais plus. J'ai décidé d'allumer le sonar pendant dix secondes, puis de l'éteindre. Je me suis assis devant l'écran avec comme objectif de ne pas cligner des yeux pendant dix secondes. Je scruterai la zone directement autour de nous, je déterminerai notre profondeur et j'essayerai de déterminer notre vitesse. Si quelqu'un détectait notre onde sonore, il aurait seulement dix secondes pour essayer de nous localiser. Après dix secondes, on aurait de nouveau disparu. Peut-être qu'il penserait qu'il s'agissait d'une erreur. Le sonar était loin d'être une science parfaite.

J'ai appuyé sur l'interrupteur et l'écran s'est réveillé. Il y avait des débris tout autour de nous ! Le détroit ressemblait à un dépotoir sous l'eau. Pas étonnant qu'on ait frappé quelques objets. On dérivait à une vitesse approximative de cinq kilomètres à l'heure. C'était ce qu'avait prédit mon guide marin. Je n'avais pas le temps de tout regarder comme il faut, mais j'ai remarqué un long objet qui dérivait à quelques centaines de mètres en-dessous de nous, dans l'autre direction : un sous-marin militaire, peut-être ? Probablement. De toute façon, on était loin d'être seuls.

Il y avait au moins une douzaine de vaisseaux au-dessus de nous qui allaient dans toutes les directions pour entrer, sortir et traverser le détroit. Juste avant d'éteindre l'écran, j'ai lu la profondeur du fond marin : plus de 300 mètres. Je me suis appuyé au dos de mon siège. J'ai compris tout à coup que s'il y avait une mine marine dans le détroit, ce qui était peu probable, elle ne serait probablement pas à 75 mètres.

J'ai regardé Hollie jouer avec sa balle. Ça semblait être une bonne chose à faire. Je suis allé dans le compartiment du moteur chercher trois balles pour moi-même. J'ai décidé de me changer les idées pour mieux faire passer le temps en apprenant à jongler.

Quinze heures plus tard je ne savais toujours pas jongler, mais on avait pénétré dans l'embouchure de la Méditerranée. Dieu soit loué ! On avait frappé quelques autres objets le long de la route, mais ils étaient petits et aucun d'entre eux n'avait explosé. En remontant à la surface pour la première fois en 22 heures, j'ai ouvert la trappe et j'ai découvert un ciel étoilé. Algue est sorti par le kiosque comme une étincelle saute d'un feu. Même Hollie ne pouvait pas attendre et a commencé à grimper l'échelle par lui-même, mais je l'ai soulevé pour l'aider à monter.

On s'est mis debout dans le kiosque, le nez pointé vers le sud. L'air était doux et bon. C'était bizarre, mais j'avais l'impression de détecter plein de choses dans l'air : des fleurs, du miel, du blé, du foin… et du sable chaud ? Et le plus bizarre, c'est que ça semblait être de l'air sec. Ici, on était complètement entourés d'eau et, pourtant, l'air était sec dans nos gorges. Je ne savais pas comment cela était possible, mais l'air sec était agréable.

J'ai démarré le moteur et je me suis dirigé vers le sud-est. Je voulais atteindre la côte du Maroc avant le lever du soleil pour laisser Hollie sortir courir sur la plage. La côte s'allongeait devant nous à perte de vue : le Maroc, l'Algérie, la Tunisie, la Libye… jusqu'en Égypte. J'avais du mal à le croire — on avait voyagé du nord de Terre-Neuve jusqu'au continent africain !

Chapitre seize

PARFOIS UN GRAND danger se cache derrière un masque inoffensif.

Le long de la côte, l'eau avait à peine 15 mètres de profondeur à certains endroits. Après avoir traversé l'Atlantique, cela semblait facile à naviguer. À 15 mètres, il n'y avait nulle part où se cacher du monde extérieur, même si je ne m'attendais pas à voir des hélicoptères. En fait, je ne savais pas trop à quoi m'attendre, sauf que si on mettait le pied à terre et qu'on escaladait les montagnes, on se retrouverait dans le Sahara, le plus grand désert au monde !

Dans la noirceur, j'ai choisi une petite baie. J'ai plongé au niveau du périscope et j'ai continué au moteur jusqu'à ce qu'on soit dans seulement trois mètres d'eau. Le périscope indiquait qu'il n'y avait aucune lumière sur la plage. Je suis remonté à la surface, j'ai ouvert la trappe, j'ai baissé notre petite ancre et j'ai gonflé le bateau pneumatique. Si on voyait qui que ce soit, on retournerait à toute vitesse au sous-marin et on quitterait les lieux.

Hollie et moi avons pagayé vers la côte. Algue était déjà debout sur la plage à nous attendre. C'était un grand moment : débarquer du bateau pneumatique sur le continent africain. Puisqu'il n'y avait ni maisons, ni lignes électriques, ni poteaux de téléphone, ni routes, ni ponts, ni aucune trace de vie humaine, on pouvait facilement s'imaginer être les premiers explorateurs à découvrir le continent, même si je savais que ce n'était pas le cas.

J'ai déposé Hollie et je me suis amusé à le regarder courir de tous les côtés sur le sable. Algue, lui, sautait et battait des ailes. Hollie a fait tellement de cercles que je me suis étourdi à le regarder. Puis il a brisé le cercle et a couru jusqu'au bout de la plage. Je l'ai suivi. Hollie était un chien-matelot, ça c'était sûr. Je l'avais trouvé en mer et il passait sa vie en mer, mais comme il aimait ça, débarquer sur terre et courir !

On était à environ un kilomètre le long de la plage lorsque le soleil s'est pointé sur l'horizon, baignant soudain le paysage d'un jaune doré. L'air, la mer et la terre se sont transformés en un seul instant et tout est devenu si clair que c'en était aveuglant. Contrairement à l'Atlantique, qui était sombre et gris, la Méditerranée était vert pâle et scintillait au soleil.

L'eau était plus chaude quand j'y ai mis les pieds et plus salée quand j'y ai goûté. La couleur du sable était aussi plus claire et je me demandais si c'était parce que le soleil l'avait tant cuit. Je pensais que du sable, c'était du sable, mais ici on aurait dit que le sable avait été peinturé par le soleil.

Je me suis assis et j'ai laissé couler le sable entre mes doigts. J'ai réfléchi à tout ce que j'avais lu sur cet endroit. Il y a 2 000 ans, il y avait des lions sur les plages. Les Romains les ont attrapés pour les envoyer à Rome pour participer à des combats sanglants dans leur colisée. Maintenant, il n'y avait plus de lions ici. Il y a 10 000 ans, le Sahara était une jungle. Il était quadrillé par de grandes rivières comme une toile d'araignée. C'était difficile à croire. Selon les scientifiques, les rivières sont encore là. Elles passent très profond sous le sable. Quand je pensais à ces choses-là, l'idée de l'île perdue d'Atlantide ne me paraissait pas si farfelue.

Il était l'heure de me coucher. Je me suis levé et me suis retourné pour rebrousser chemin quand j'ai entendu quelque chose de très bizarre. Il y avait un nuage orangé qui roulait sur la plage depuis le désert. La chose la plus bizarre était que je ne sentais aucun vent. Et puis tout à coup, j'ai senti un gros vent ! Et il soufflait vite !

Je n'avais jamais vu un nuage orange comme ça auparavant. Ce n'était pas comme un nuage normal, mais c'était très proche de la terre et avançait comme un serpent. Mais pourquoi est-ce que c'était orange ? En moins d'une minute, j'ai eu ma réponse.

C'était du sable !

Je pensais que les tempêtes de sable se trouvaient seulement dans le désert, pas sur la plage. Eh bien, je me suis dit, ce serait intéressant à observer. Une autre minute plus tard, je me suis rendu compte qu'une tempête de sable ne s'observait pas — il fallait se tirer, et à toute vitesse ! Le sable dans le nuage était beaucoup plus fin que le sable sur la plage. C'était plutôt comme de la poudre et, très vite, ça a commencé à me remplir les narines, la bouche, les oreilles et les yeux. Mes yeux sont vite devenus tout secs et je ne pouvais plus faire marcher mes paupières. Ma gorge s'asséchait aussi et j'avais de plus en plus de difficulté à respirer. Soudain, je ne pouvais plus rien voir du tout !

Même là, ça m'a pris un moment avant de me rendre compte à quel point la situation était dangereuse. Je pensais que ce n'était qu'un petit nuage qui allait passer dans quelques minutes. J'ai fermé les yeux. J'ai retenu mon souffle et me suis couvert les oreilles avec les mains. Hollie a commencé à pleurnicher.

« Ça va aller, Hollie », ai-je murmuré. « Ça va passer dans quelques minutes. »

Mais ça ne passait pas, alors il fallait décamper. J'ai tiré mon t-shirt par-dessus ma tête, je me suis baissé pour ramasser Hollie et j'ai commencé à courir. Mais je ne pouvais même pas trouver la direction de la mer ! Je courais de tous les côtés, étouffant à cause de la poudre sèche dans ma gorge, et finalement j'ai senti l'eau sous mes pieds. J'ai compris où était la bonne direction, j'ai gardé le museau de Hollie dans mon t-shirt contre ma joue et j'ai couru le plus vite possible sur la plage. Je donnais continuellement des coups de pied dans l'eau pour m'assurer que j'avançais dans la bonne direction.

Ça a pris une éternité avant de trouver le bateau pneumatique. Au lieu de s'envoler, le bateau pneumatique était enseveli dans le sable. Je l'ai retourné puis on a rampé en-dessous. Ça ne nous a pas beaucoup aidés. Le sable fin entrait partout ! Hollie gardait les yeux fermés, mais il était tout orange à cause du sable et ce n'était pas du sable qu'on pouvait enlever facilement. Il collait. J'ai tiré le bateau vers l'eau, on a embarqué et j'ai commencé à pagayer. Mais je ne pouvais pas trouver le sous-marin !

« Oh non ! » ai-je crié. « Où es-tu ? »

Le vent était si fort qu'il nous a vite poussés au large de la plage. Je ne pouvais même pas pagayer contre le vent. Si je n'arrivais pas à trouver le sous-marin, la tempête de sable allait nous pousser en haute mer ! Je devais penser à une solution, et vite !

J'ai laissé Hollie dans le bateau, j'ai sauté dans l'eau tout en tenant la corde. Mon corps faisait ancre et a commencé à ralentir le bateau. Alors, j'ai plongé pour essayer de trouver le sous-marin. C'était bien plus facile de voir sous l'eau, mais je ne pouvais pas retenir mon souffle pendant très longtemps puisque je ne pouvais pas respirer aussi profondément pour commencer. Néanmoins, j'ai pu trouver le sous-marin, j'ai tiré le bateau pneumatique et on est montés à bord.

J'ai donné de l'eau propre à Hollie. Il se grattait les yeux avec ses pattes, le pauvre. J'ai pris une gorgée d'eau et j'ai tout de suite vomi. Malgré tout, j'étais soulagé d'être dans le sous-marin, à l'abri de la tempête. Il n'y avait qu'un seul problème : où était Algue ?

Je me suis assis pour réfléchir. C'était logique de penser qu'il s'était envolé en mer pour essayer d'éviter la tempête de sable. Peut-être que c'était ça qu'il avait fait. Le seul problème avec cette théorie, était que, d'habitude, les mouettes se couchaient sur la plage pendant une tempête. Elles laissaient le vent souffler par-dessus leur tête et attendaient que la tempête soit finie. Elles ne partaient pas en mer.

Je ne savais pas jusqu'à quelle distance dans la mer cette tempête de sable soufflait ou à quelle distance il faudrait que j'aille avant de le savoir. Et si Algue n'était pas allé en mer et était encore sur la plage, ça prendrait beaucoup de temps avant que j'y revienne. Est-ce qu'il pourrait survivre pendant une tempête de sable ? J'ai pensé à la vitesse à laquelle le sable avait recouvert le bateau pneumatique. Il fallait y retourner !

J'ai tiré sur l'ancre, j'ai démarré le moteur et je me suis approché de la plage, jusqu'à la limite de l'endroit où ça devenait dangereux. J'ai coupé le moteur. J'ai de nouveau baissé l'ancre. J'ai pris une longue corde et je suis sorti fermant la trappe de l'extérieur. Cette fois-ci, j'ai apporté un veston. Après avoir attaché la corde au kiosque, j'ai sauté dans l'eau et j'ai nagé jusqu'à la plage avec la corde dans une main. J'ai enroulé le veston mouillé autour de ma tête et je me suis débattu contre le vent pour remonter la plage. Ça ne soufflait pas comme soufflaient d'habitude les tempêtes, c'était plutôt un vent constant qui grondait, comme le son d'un moteur à réaction.

Je ne m'attendais pas à trouver Algue en le cherchant. J'espérais que s'il m'entendait l'appeler, il pousserait un cri et je pourrais suivre ce cri pour pouvoir le retrouver sur la plage. Alors, j'ai crié son nom à tue-tête en me couvrant le visage avec le veston mouillé. Je n'allais pas arrêter de crier avant de le trouver.

Quand j'ai finalement entendu son petit cri, il était très faible. Il s'était mis face au vent tout comme je l'avais pensé. Mais il devait continuellement se déplacer pour éviter de se faire couvrir par le sable. Il était complètement épuisé lorsque, enfin, je l'ai trouvé. Il était vraiment dur à cuire pour avoir survécu comme ça !

C'était la seule et unique fois qu'Algue se laissait transporter dans mes bras. C'était aussi la seule et unique fois que j'ai essayé de le transporter dans mes bras. Il n'aimait pas ça. J'ai couru partout encore pour trouver l'eau, puis la corde, enfin le sous-marin. Et j'étais content.

On s'est éloignés à quelques kilomètres de la plage et on a plongé à 25 mètres. J'ai fait flotter l'antenne de la radio et j'ai allumé la radio à faible volume. Il y avait maintenant une nouvelle sorte de musique qui remplissait le sous-marin : des flûtes en bois, des tambours et des voix.

Je me suis assis par terre près du hublot d'observation et j'ai aidé l'équipage à enlever tout le sable de leurs poils et de leurs plumes. Après une tempête aussi violente, la paix et le calme qui règnaient dans le sous-marin étaient sublimes. La musique était paisible. Je ne reconnaissais pas la langue dans laquelle ils chantaient, mais c'étaient des voix d'enfants et ils semblaient heureux. Après avoir donné à manger à l'équipage, j'ai bu une tasse de thé, puis je me suis allongé sur ma couchette et je me suis endormi au son de la musique.

Chapitre dix-sept

JE ME SUIS RÉVEILLÉ au son de tambours. Il y avait aussi un fredonnement, des chants et des sons de gorge comme des cliquetis. C'était génial. J'ai essayé de l'imiter, malgré les protestations d'Algue, qui se demandait ce que je fabriquais. Il semblait être en détresse.

« J'essaie d'apprendre quelque chose de nouveau, Algue. »

Algue mangeait n'importe quoi, mais il avait des goûts très précis par rapport à ce qu'il acceptait d'écouter. Quand on est remontés à la surface et que j'ai ouvert la trappe, il a tourné la tête pour scruter le ciel d'un œil soupçonneux. Puis il s'est vite envolé par la trappe. J'étais tellement soulagé de voir qu'il s'était remis complètement.

Juste avant la tombée de la nuit, le ciel était clair. On était à sept kilomètres de la côte. Il n'y avait plus aucune trace de la tempête de sable. Elle était venue et repartie trop vite pour avoir un impact sur les vagues ou sur le courant. Avec mes jumelles, je pouvais voir que la plage était déserte. Selon mon radar, il n'y avait aucun vaisseau qui s'y déplaçait et rien qui venait dans notre direction. J'ai décidé de longer la côte, en maintenant une distance constante de la plage. J'ai hissé le pavillon canadien pour pouvoir voyager légalement à la surface selon le « droit de passage ». Quand le soleil serait tombé, j'allumerai nos lumières.

On se dirigeait vers l'est toujours avec la côte à tribord. Depuis sept kilomètres, on pouvait voir les montagnes. Contrairement au Canada où, d'habitude, les montagnes étaient vertes ou blanches au-dessus d'une côte gris-brun, ces montagnes étaient d'un rouge brunâtre au-dessus de contreforts verts. De temps en temps, il y avait des sommets enneigés.

Au-delà des montagnes s'étendait le désert que j'aurais vraiment voulu voir. Je me demandais comment la tempête de sable avait atteint la plage depuis le désert. La tempête n'aurait pas pu franchir les montagnes. Il devait y avoir une gorge ou un canyon où le vent s'était engouffré. Peut-être même que c'était un ancien lit de rivière.

Maintenant, je comprenais comment une jungle pouvait se transformer en désert. Tout ce que je devais faire, c'était de me rappeler la tempête de sable, qui n'avait duré que quelques heures, et la multiplier par un millier d'années. Le Sahara était assez grand pour englober dix Terre-Neuve et, selon les scientifiques, ce désert était toujours en expansion. J'ai essayé d'imaginer dix Terre-Neuve enterrées sous le sable. Soudainement, l'idée de perdre toute une île ne me paraissait pas si incroyable. Une île pourrait probablement être ensevelie en quelques jours seulement.

Pendant trois jours, on a navigué sans aucun problème et on a fait de longues promenades sur la plage sans incident, mais après trois jours mon mauvais pressentiment est revenu.

La ville d'Alger était devant nous, à 25 kilomètres. Je voyais maintenant des vaisseaux sur mon radar. En regardant l'écran et en observant le mouvement des bateaux en dehors de la ville, j'ai commencé à avoir un drôle de pressentiment. Je n'avais aucune idée pourquoi. Saba avait insisté pour que je me fie à ces sentiments. Je voulais bien, mais c'était quand même bizarre.

Je n'avais aucune raison de soupçonner quoi que ce soit. Il y avait toujours des plaisanciers autour d'une ville portuaire. Peut-être que c'était dans la manière dont certains de ces bateaux se déplaçaient, comme s'ils faisaient une patrouille. Trois bateaux se déplaçaient toujours ensemble et faisaient des virages ensemble, toujours dans la même direction, au même moment. Eh bien, de toute façon, je n'avais aucune intention d'explorer Alger.

Il était environ 22 heures. Le soleil venait juste de se coucher. J'ai convaincu Algue de rentrer dans le sous-marin et on était prêts à glisser sous la surface de l'eau. On mettrait les batteries, disparaîtrait du radar et continuerait notre chemin. Quelle était la probabilité que ces bateaux aient des systèmes de sonar ?

On voyagerait illégalement une fois submergés. Le droit de la mer permettait seulement aux sous-marins « le droit de passage inoffensif » à la surface de l'eau. J'ai scruté l'écran et j'ai hésité. Le problème avec un pressentiment, c'est que ce n'est pas logique. Il n'y avait aucune raison. Ce n'était qu'un sentiment.

D'un côté, c'était un bon sentiment quand je savais qu'on naviguait légalement. De l'autre côté, les autorités locales pouvaient nous arrêter, inspecter notre vaisseau, même nous obliger à nous amarrer pendant plusieurs jours ou plus longtemps encore — le temps d'enquêter sur notre sous-marin. Elles pouvaient même nous refuser le droit de continuer notre voyage si bon leur semblait.

Je réfléchissais toujours à tout cela lorsque je me suis rendu compte qu'on était maintenant dans leur zone de radar. Ils savaient qu'on était là. Eh bien, ma décision était prise. J'ai allumé les lumières et j'ai continué notre route. Ils ne pourraient pas nous voir de toute façon à moins d'examiner chaque bip sur leur radar avec un téléscope ultra-puissant, dans la noirceur. Quelles étaient les chances qu'ils fassent cela ?

De bonnes chances, en fait. On passait devant la ville, à une distance de sept kilomètres, juste un vaisseau parmi de nombreux autres dans l'eau, avec nos lumières allumées. Il n'y avait aucune raison de contacter les autorités locales par radio puisqu'on n'allait pas accoster. La seule façon qu'ils pourraient savoir qu'on n'était pas un voilier ou un bateau à moteur serait s'ils nous voyaient à l'œil nu. En gardant mes yeux rivés à l'écran, j'ai vu ces trois bateaux changer de cap pour venir dans notre direction ! Puisqu'il n'y avait aucun autre vaisseau dans nos environs immédiats, je devais présumer qu'ils venaient directement vers nous ! Que faire ?

On ne pouvait pas leur échapper. Ils allaient bien trop vite. On pouvait soit les attendre et risquer de se faire amener au port pour une inspection, soit plonger et essayer de s'échapper. Je suis monté au kiosque et j'ai regardé les bateaux qui s'approchaient de nous avec mes jumelles. Il y avait trois ou quatre hommes en uniforme dans chaque bateau. Ils nous regardaient avec des jumelles eux aussi… et ils avaient des mitraillettes ! Soudain, j'ai eu un très mauvais sentiment par rapport à toute cette affaire.

« On plonge ! » ai-je crié à l'équipage.

J'ai fermé la trappe et j'ai laissé l'eau entrer dans les réservoirs et on a commencé à descendre. Mais comme on naviguait dans moins de 50 mètres d'eau, on ne pouvait pas plonger très profond. J'ai enclenché les batteries et je me suis dirigé en haute mer. J'ai regardé les trois bateaux s'approcher sur mon système sonar. Quand ils étaient à un demi-kilomètre de nous, j'ai fait un virage soudain à droite. Je voulais voir s'ils nous suivaient avec le sonar. Ils ont viré à droite. Ils nous suivaient ! Oh là là !

J'ai changé de cap pour aller tout droit vers le nord, la

route la plus rapide pour quitter la zone des 20 kilomètres. Je me demandais jusqu'où ils allaient nous poursuivre. Est-ce qu'ils respecteraient la zone des 20 kilomètres ? Et puis... il y a eu une explosion dans l'eau ! Elle était assez forte mais n'a pas secoué le sous-marin. Ça n'avait rien en commun avec l'explosion de la mine marine dans les Açores. Ça ressemblait plutôt à un feu d'artifice.

J'ai regardé le fond marin avec beaucoup d'attention et j'ai suivi sa descente graduelle. Après un autre kilomètre, on était à une profondeur de 60 mètres. Il y a eu une autre explosion. Encore une fois, c'était fort mais pas très menaçant. C'était plutôt comme un avertissement. C'était juste trois bateaux à moteur. Ils n'étaient sûrement pas équipés pour attaquer des sous-marins ?

Je devinais qu'ils jetaient des grenades dans l'eau pour essayer de nous forcer à remonter à la surface. Mais les grenades explosaient avant d'aller trop loin et n'avaient aucun impact sur nous. Maintenant, je n'avais aucune intention de remonter à la surface pour essayer de leur parler. Le moment pour des salutations cordiales était passé. Ils essayaient soit de nous faire couler, soit de nous forcer à remonter à la surface comme un ennemi hostile.

S'ils nous attrapaient maintenant, ils me mettraient sûrement en prison et me garderaient là pendant très longtemps. Ziegfried m'avait averti de ne jamais me faire mettre en prison dans un pays en voie de développement parce que, selon lui, on n'en sortait jamais. Et si moi j'étais en prison, que deviendraient Hollie et Algue ?

Deux kilomètres plus loin on était à 70 mètres de profondeur. Ils étaient juste au-dessus de nous et laissaient encore tomber des grenades dans l'eau, sans aucun impact sur nous. Peut-être que c'était amusant pour eux, une petite chasse à l'homme par une nuit d'été tranquille et une chance de s'exercer à lancer des grenades.

Encore deux kilomètres et, soudain, le fond marin est tombé encore de 30 mètres. J'ai plongé à 90 mètres. Les explosions étaient maintenant moins audibles. Je me demandais jusqu'où ils allaient nous poursuivre. Est-ce qu'ils s'arrêteraient à la zone des 20 kilomètres ? À une distance de 15 kilomètres de la côte, ils ont arrêté de lancer des grenades. Le sonar a signalé la présence d'un autre vaisseau dans l'eau, peut-être un cargo de passage. Un des bateaux à moteur a quitté les deux autres pour se mettre à côté du cargo, probablement pour l'inspecter.

On a atteint 17 kilomètres, 19 kilomètres et 20 kilomètres ! J'ai regardé sur l'écran du sonar pendant que les deux derniers bateaux ont fait volte-face et sont rentrés à la côte. J'ai respiré profondément, soulagé. On s'était échappés. De nouveau, Saba avait eu raison !

Chapitre dix-huit

CHASSÉS DE LA côte africaine, on s'est dirigés vers le nord. On aurait pu faire un arc de cercle et graduellement retourner à l'est d'Alger, mais quelque chose directement devant nous retenait mon attention : l'île de Majorque. Mon guide me disait que cette île était célèbre pour ses chèvres de montagne sauvages. Je voulais aller les voir.

On est remontés à la surface et j'ai allumé le radar. Personne ne nous suivait plus. Je suis monté dans le kiosque et j'ai ouvert la trappe. Algue est sorti. J'ai transporté Hollie dans mes bras jusqu'en haut du kiosque. On s'est installés confortablement pour regarder les étoiles.

J'avais vu des photos de chèvres de montagne. C'étaient de

grandes bêtes lourdes avec un pelage épais qui montaient et descendaient les parois des falaises comme si elles avaient des ailes aux pattes. C'était incroyable. Selon le guide, il y avait beaucoup de ces chèvres sur l'île de Majorque, qui n'était qu'à un jour d'ici. Le seul inconvénient était que l'île de Majorque appartenait à l'Espagne, pas la meilleure des amies du Canada pour le moment.

On a voyagé toute la nuit et on est arrivés à la zone des 20 kilomètres autour de Majorque vers le milieu de la matinée. Le radar indiquait des navires qui entraient et sortaient du port comme des guêpes qui bourdonnaient autour d'une ruche. Ça a rendu ma tâche plus facile. Avec autant de trafic maritime, personne ne nous remarquerait si on restait hors de vue. On a plongé au niveau du périscope et on a fait le tour du côté ouest de l'île.

J'ai commencé à chercher des endroits pour nous cacher. Je voulais trouver une petite baie où on pourrait laisser le sous-marin assez longtemps pour pouvoir faire une randonnée dans les montagnes, peut-être même y camper pour la nuit. Je savais que c'était un plan ambitieux, surtout sur une île si peuplée, mais il devait y avoir des endroits rocheux inhabités, non ? Chaque île en avait.

En longeant la côte à moins d'un demi-kilomètre au large, j'ai trouvé plusieurs points rocheux, mais les petites baies semblaient toujours avoir des bateaux ou des gens autour d'elles. Je commençais à me sentir fatigué. Finalement, j'ai trouvé une petite baie possible. Elle était isolée et entourée de falaises. Il n'y avait personne sur la plage. Je suis entré dans la baie au moteur. J'ai laissé Algue sortir puis j'ai plongé à 25 mètres et je me suis installé pour dormir.

Quand je me suis réveillé et après être remontés au niveau du périscope, on a vu un homme assis sur la plage. Ce n'était qu'un seul homme et il semblait être seul dans la petite baie, une baie à l'abri de tout, un endroit parfait pour cacher le sous-marin, mais il faudrait qu'on attende qu'il parte.

J'ai donné à manger à Hollie et je me suis fait une tasse de thé, puis j'ai traficoté en attendant que l'homme parte. Quand Hollie a eu fini de manger, il avait hâte de sortir faire une promenade. Il m'a suivi et a regardé la trappe comme pour me dire : « Qu'est-ce qui se passe ? Pourquoi on attend ? »

« Désolé, Hollie. Il y a un homme sur la plage. »

Je continuais de regarder par le périscope, mais l'homme était toujours là, assis sur la plage. Il avait un certain âge et il avait quelque chose de familier. Il restait là à regarder l'eau comme s'il était propriétaire de la plage. Alors on a attendu interminablement, espérant qu'il partirait. Mais il n'est jamais parti. Finalement, il s'est levé et a scruté l'eau de très près. C'est alors que j'ai vu une ombre brune passer devant le périscope. Oh non ! Algue était debout sur le périscope ! L'homme allait sûrement le remarquer.

Cela n'a pas manqué ! Maintenant il faudrait trouver une autre petite baie et, en plus, quelqu'un nous avait repérés et alerterait peut-être les autorités. Zut ! À moins que… qu'on se présente et qu'on essaie de se faire un nouvel ami ? Peut-être qu'il ne dirait rien aux autorités. D'habitude, quand les gens se rendaient compte qu'on ne représentait aucune menace, ils étaient pas mal gentils. On n'avait rien à perdre.

Il se tenait sur le bord du rocher en se protégeant les yeux du soleil quand on est remontés à la surface. Il a laissé tomber ses mains et il est resté bouche bée. Mais, je l'avais déjà vu quelque part. Qui était-ce ?

J'ai ouvert la trappe et, bien sûr, Algue était là à attendre son petit-déjeuner. J'ai retiré une poignée de biscuits pour chiens de ma poche et je les lui ai jetés. Ça devait vraiment paraître bizarre à l'homme sur la plage. Je l'ai salué de la main. Il a tranquillement levé la main et m'a salué en retour. J'ai retiré le drapeau espagnol du sous-marin et je l'ai suspendu au kiosque. Il m'a crié quelque chose en espagnol, mais je n'ai rien compris. Il nous a fait signe de nous rapprocher. C'est ce qu'on a fait. Je me suis approché au moteur, à 15 mètres de lui. Maintenant je savais qui c'était. C'était Douglas Nickels, la vedette de cinéma préférée de Ziegfried !

Il m'a dit quelque chose en espagnol.

« Désolé, je ne parle pas… »

« Tu es anglais ! » a-t-il crié.

« Je suis canadien. »

« Canadien ? »

« Oui. »

« Es-tu photographe ? »

« Non, je suis explorateur. »

« Explorateur ? »

« Oui. »

« Tu es sûr que tu n'es pas ici pour prendre des photos ? »

« Non, je suis ici pour voir les chèvres. »

« Les chèvres ? »

« Oui. »

« Quelles chèvres ? »

« Les chèvres de montagne. »

Il n'avait pas l'air de comprendre. Je me demandais si j'étais sur la bonne île.

« Ah oui ! Les chèvres dans les collines. Tu es venu ici pour les voir ? »

« Oui. »

« Comment tu t'appelles ? »

« Alfred. »

« Et tu viens du Canada ? »

« Oui. »

« Quel âge as-tu ? »

« J'ai quinze ans. »

Il s'est arrêté et a semblé réfléchir un moment. J'ai attendu de voir ce qu'il ferait.

« Est-ce que tu viens de nourrir cette mouette ? »

« Oui. C'est Algue. Il fait partie de mon équipage. »

« Ah bon. Et est-ce qu'il y a quelqu'un d'autre ? »

« Juste Hollie », lui ai-je répondu et je suis descendu dans le sous-marin chercher Hollie.

Douglas Nickels a hoché la tête, puis il a fait un grand geste des bras et a dit : « Viens me voir, Alfred. Je veux te rencontrer. »

Alors, j'ai amarré le sous-marin au rocher et je suis sorti avec Hollie. Il y avait une petite plage de cailloux au centre de la baie. C'était très privé. Hollie était aux anges. M. Nickels m'a salué en me serrant la main avec fermeté.

« Tu peux m'appeler Doug », m'a-t-il dit.

« Et moi, c'est Alfred. »

« Je suis heureux de faire ta connaissance, Alfred. Bienvenue à ma petite plage. »

« Est-ce que c'est vraiment à vous ? Vous en êtes le propriétaire ? »

« Oui, c'est à moi. Notre maison est là-haut. Ma femme, Greta Sachs, est là. Est-ce que tu la connais ? »

« Je pense que je connais son nom, mais je ne sais pas à quoi elle ressemble. »

Il a bien ri. « Tu ne sais pas à quoi elle ressemble, mais tu sais que c'est une grande vedette de cinéma, n'est-ce pas ? »

« J'imagine. »

« Ha ha ! C'est super ! Il faut que tu montes prendre une tasse de thé chez nous, Alfred. Viens avec moi. »

« Je ne veux pas vous déranger. »

« Pas du tout ! Tu es comme une bouffée d'air frais. Et tu dois rencontrer Greta. Elle ne me croira pas. »

Doug et Greta habitaient la plus grosse maison que j'avais jamais vue. Elle occupait tout l'énorme rocher et j'aurais facilement pu m'y perdre. Elle me rappelait le labyrinthe du roi Minos que je voulais aller voir en Crète. La maison était ultra luxueuse, et pourtant, Doug la traversait avec ses souliers touts mouillés et pleins de sable comme si c'était une remise à bateaux. À part son visage célèbre, on l'aurait pris pour n'importe quel autre pêcheur ordinaire.

Je n'ai vu personne dans la maison avant d'entrer dans une pièce où Greta Sachs était assise sur un sofa à lire un livre. Je l'ai tout de suite reconnue mais comme Doug, elle avait l'air beaucoup plus vieille en personne.

« Dougie ? » a-t-elle dit, sans lever les yeux.

« Greta, j'aimerais te présenter quelqu'un. »

« Dougie ?... Oh !... Bonjour ! »

« Bonjour ! »

« Greta. Je te présente Alfred. »

« Bonjour, Alfred. Comment vas-tu ? »

« Très bien. Merci. »

« Alfred est un jeune explorateur, Greta. Il vient du Canada. »

« Oh, c'est bien. Qu'est-ce que tu cherches, Alfred ? »

« Hmmmm.... l'île perdue d'Atlantide. »

« Oh, ça c'est bien. J'espère que tu la trouveras. Dougie ? »

« Oui ? »

« On a des fourmis. »

« Vraiment ? Oh. Je vais demander à Francis d'appeler l'exterminateur demain matin. Greta, Alfred voyage en sous-marin ! »

« Francis a un jour de congé demain. »

« Ah oui, c'est vrai. Eh bien, il faudra que j'aille chercher des pièges à fourmis. Alfred voyage dans son propre sous-marin. Il est venu à Majorque pour voir les chèvres de montagne. »

Greta a levé la tête et m'a regardé de plus près. Puis elle m'a souri.

« Tu dois être très courageux, Alfred. »

« Ça, c'est sûr », a dit Doug. « Je crois bien que j'aimerais venir avec toi demain, Alfred. Pourrais-tu supporter un peu de compagnie pendant ton expédition en montagne ? »

« Hmmm… oui, je veux bien. »

« Parfait ! Ce sera toute une aventure. »

Greta a souri et a baissé les yeux. « N'oublie pas les pièges à fourmis, Dougie. »

Chapitre dix-neuf

C'ÉTAIT VRAIMENT INCROYABLE.

En premier, Doug a décidé qu'il n'avait ni bottes de randonnée ni équipement convenables. Quand je lui ai suggéré de porter ses souliers de course comme moi, il a dit non, qu'il pourrait se fouler la cheville. On est allés voir Greta, qui était déjà debout à courir sur son tapis roulant. Elle avait vraiment l'air en forme. Elle nous a conseillé d'apporter beaucoup d'eau et des tablettes de sel pour prévenir l'épuisement par la chaleur. Elle nous a aussi rappelé d'apporter une trousse de premiers soins. Et il ne fallait pas oublier d'acheter les pièges à fourmis, non plus.

C'était juste une randonnée, mais Doug a décidé qu'il

fallait d'abord aller en ville à un magasin de plein-air pour acheter le nécessaire. Ce détour nous rapprocherait aussi des sentiers pour monter dans les collines, a-t-il dit. Donc, on est montés dans sa jeep de luxe, on a bouclé nos ceintures et on s'est dirigés vers la ville.

C'était très agréable. On a vite traversé la campagne qui était de toute beauté. Il y avait des petits villages avec de vieilles maisons, de vieilles églises et des monastères perchés en haut des collines par-ci, par-là, comme dans les romans. Doug a mis une casquette de baseball et des lunettes de soleil quand on a quitté sa maison et il m'en a donné à moi aussi. Comme ça, on passera pour deux citoyens ordinaires, a-t-il déclaré. Je les ai mises et j'ai souri. Je me sentais un peu comme une vedette de cinéma.

Après une heure environ, on est arrivés en ville. Il y avait de beaux bâtiments historiques et une énorme cathédrale au bord de l'eau. Doug a indiqué plusieurs choses du doigt, y compris un énorme yacht dans le port, qui lui appartenait. Il m'a dit qu'il aimerait me faire faire un tour de la ville un de ces jours. Passer du temps avec lui comme ça m'a complètement fait oublier qu'il était une grande vedette de cinéma. À partir du moment où on est descendus de la jeep et qu'on est entrés dans le magasin de plein-air... tout ça a changé.

On aurait cru qu'il était le roi d'Espagne. Quand on est entrés dans le magasin et qu'il a enlevé sa casquette et ses lunettes de soleil, les vendeurs se sont précipités pour nous demander ce qu'ils pouvaient faire pour nous. Doug leur a expliqué ce qu'on proposait de faire comme excursion et ce dont il croyait qu'on aurait besoin. En un clin d'œil, ils ont disparu et sont revenus quelques minutes plus tard avec : des boîtes et des bottes pleins les bras, des sacs à dos, des cordes d'escalade, des tentes, des sacs de couchage, de la nourriture déshydratée, des ustensiles de cuisine, des poêles à gaz et ainsi de suite. Un employé nous a même apporté un petit kayak.

Je ne pouvais pas en croire mes yeux. Après environ une heure, on était tous les deux en vêtements de randonnée neufs : des bottes, des chapeaux, des montres, etc… tout le kit !

On avait chacun un nouveau sac à dos plein de nourriture déshydratée, de trousses médicales, de boissons contre la déshydratation, de bas de rechange et de beaucoup d'autres choses dont je ne pouvais pas imaginer me servir. Doug a insisté pour acheter plus ou moins tout ce qu'ils nous ont proposé. On a tout chargé à l'arrière de sa jeep, on a salué les vendeurs du magasin admiratifs et on est partis.

« Oh là là », a dit Doug. « Tout ce magasinage m'a donné faim. Que dirais-tu de nous arrêter pour manger un petit quelque chose en premier ? Je connais un bon petit restaurant pas loin d'ici. »

Ça ne m'a pas surpris de constater que le bon petit restaurant était très chic, ni que les serveurs nous ont accordé une grande attention, mais la pancarte sur la porte m'inquiétait. Elle montrait une image de chien avec un trait en travers.

« Qu'est-ce que cela veut dire ? »

Doug a traduit la pancarte: « Absolument AUCUN chien autorisé dans le restaurant ! » a-t-il dit.

« Ah, je comprends. Peut-être que Hollie et moi on peut attendre… »

« Non, non. Ça ne s'applique pas à nous », a dit Doug.

Il avait raison. Les serveurs dans le restaurant ont traité Hollie comme n'importe quel autre client. Ils lui ont même mis un couvert à table, mais j'ai insisté pour qu'il reste par terre. Alors ils lui ont apporté une assiette de saucisses et de charcuterie coupées en petits morceaux et l'ont placée sur le plancher devant lui, avec une serviette. Puis, un serveur lui a ouvert une bouteille d'eau minérale et l'a versée dans un bol qu'il a placé par terre, à côté de l'assiette. Ensuite le serveur est resté sur place à attendre que Hollie mange.

Le petit-déjeuner était incroyable. J'ai beaucoup trop mangé, ce qui m'a donné sommeil (c'était aussi l'heure de me coucher). Les nouveaux vêtements me piquaient un peu, mais j'étais presque trop fatigué pour me gratter.

J'ai regardé Hollie et je voyais que lui aussi avait sommeil. Doug a insisté pour que j'essaie leur café. Alors j'en ai pris une tasse. Après avoir mis quelques cuillères de sucre dans le café, il avait bon goût. Alors, j'en ai pris une autre. Et puis une autre. Je n'avais aucune idée comment ça allait m'affecter. À l'heure de quitter le restaurant, j'avais tellement d'énergie que j'étais prêt à courir en cercles jusqu'en haut de la montagne avec Hollie.

Il était environ midi quand on a stationné la jeep en haut

d'une colline, où la route s'arrêtait et un sentier étroit apparaissait entre des buissons secs, des roches et des arbres. Il y avait un son strident et aigu dans l'air, comme une sirène douce, qui venait de la canopée et qui faisait un écho partout. Le son était étrangement agréable.

Ça m'a fait penser au désert. Je ne savais pas pourquoi, mais je voulais vraiment aller voir le désert. Doug a dit que c'était le chant des rainettes. Quand on est sortis de la jeep climatisée, je me suis rendu compte pour la première fois qu'il y faisait une chaleur écrasante ! Avec nos nouveaux vêtements qui nous piquaient dans le dos, nos nouvelles bottes et nos sacs à dos lourds, la randonnée allait être dure.

Par contre c'était une chaleur sèche, ce qui n'était pas si mal, surtout que nos nouveaux chapeaux de randonnée à bord large nous protégeaient le visage du soleil. J'aurais bien voulu en mettre un sur Hollie parce qu'il n'avait aucune protection, mais il avait sagement décidé de marcher dans notre ombre. Chaque fois qu'on s'arrêtait pour prendre une boisson contre la déshydratation, je lui donnais de l'eau à boire.

On n'avait toujours pas vu de chèvres. Je les cherchais partout et je surveillais Hollie pour voir des signes qu'il les avait détectées, mais le sentier était tellement à pic et la randonnée si difficile pour lui qu'il n'avait presque pas le temps de renifler.

J'avais lu qu'on pouvait sentir les chèvres avant de les voir, alors je reniflais l'air continuellement, mais je sentais seulement l'odeur de nos nouveaux vêtements.

Après quelques heures d'escalade, on s'est assis pour se reposer un peu. Doug a regardé ce qu'il y avait dans son sac à dos.

« J'avais oublié à quel point c'était beau en haut ici. C'est quoi ça ? » m'a-t-il demandé en retirant de son sac à dos un outil étrange.

C'était comme une cuillère, mais avec beaucoup de petits trous dedans. Je l'ai regardée de près pour essayer de me rappeler ce que ça pouvait être.

« Hmmm… peut-être que c'est une passoire ? Je n'en suis pas sûr. »

« Eh bien… je suppose qu'on devrait se préparer de la nourriture. Voici une soupe qui a l'air appétisante. »

On a sorti la petite cuisinière à gaz. On a versé la soupe dans un chaudron et on l'a rempli d'eau. Doug a cherché quelque chose dans sa poche.

« Alfred, aurais-tu des allumettes, par hasard ? »

« Non. »

« Moi non plus. Zut alors ! »

Peu importe. Il n'y avait pas de gaz dans la cuisinière non plus.

Trois heures plus tard, on a atteint le sommet. La vue était absolument sublime, mais il n'y avait aucune chèvre. On était si fatigués qu'on s'est assis lourdement et on n'a pas bougé pendant environ quinze minutes. Puis, doucement, on a levé la tête, on a pris encore des boissons de réhydratation et on a léché nos soupes déshydratées. Hollie dormait. J'imaginais qu'il faudrait que je le porte dans mes bras pour redescendre. J'ai regardé Doug qui léchait sa soupe d'un air fatigué et avec un regard pensif.

« Doug ? »

« Oui ? »

« Crois-tu en l'île perdue d'Atlantide ? »

« Atlantide ? Bien sûr. Pourquoi pas ? Je ne pense pas que ce soit une ville sous une bulle quelque part comme certaines personnes le prétendent. Mais il y a beaucoup de temples sous l'eau. J'en ai vus moi-même. Il y a des villes sous le sable aussi, même des pyramides entières. Et j'ai vu des temples anciens complètement recouverts par la jungle en Amérique centrale. On y a tourné quelques films. »

« C'est cool, ça. »

« Alors… oui, je pense qu'Atlantide existe… quelque párt. Et tu t'en vas probablement dans la bonne direction. »

« J'espère que oui. »

J'ai regardé fixement l'océan. Ça me fascinait toujours de voir l'eau depuis une telle hauteur. On pouvait observer la courbure de la Terre. Le monde semblait plus petit.

« Pourquoi penses-tu que personne n'a encore trouvé l'île perdue d'Atlantide ? »

Doug a haussé les épaules. « Je ne sais pas. Peut-être à cause de leurs attentes. »

« Leurs attentes ? »

« Oui, si tu t'attends à trouver une ville sous une bulle, peut-être que tu ne prêteras pas autant attention à une ville qui n'est pas sous une bulle. »

« Ah. » Ça, c'était un bon argument.

« Mais tu peux me promettre quelque chose, Alfred ? »

« Quoi ? »

« Si tu trouves une ville sous une bulle, viens me le dire avant que tout le monde la voie, d'accord ? J'aimerais la voir en premier. D'accord ? »

J'ai ri. « D'accord. »

« C'est bon. En fait, je suis heureux que quelqu'un cherche l'île perdue d'Atlantide. Maintenant, je suppose qu'on devrait ramener nos carcasses fatiguées en bas. Tu sais ce qu'on a oublié d'acheter ? »

« Quoi ? »

« Les pièges à fourmis. »

Tout de suite en me levant pour descendre de la montagne, j'ai senti une odeur très forte, comme l'odeur d'une grange pleine d'animaux qui puent. Hollie, qui était dans mon sac à dos, a sorti son nez pour renifler l'air. Il a grogné doucement, ce qui ressemblait toujours au bruit d'un petit moteur électrique. Mais on sentait seulement l'odeur, il n'y avait aucune chèvre.

Il y avait des falaises à pic et abruptes, mais il n'y avait aucun endroit où des créatures pourraient escalader la montagne, même pas les chèvres. Du moins c'est ce que je pensais. L'odeur était si forte près des falaises qu'il a fallu absolument que je me mette à plat ventre, rampe jusqu'au précipice et jette un coup d'œil. En regardant en bas des falaises vertigineuses, j'ai vu des visages surpris qui me regardaient, des visages à moustaches, avec des barbiches et des cornes bouclées. Comment elles pouvaient se tenir là, cela m'échappait complètement.

Les chèvres n'étaient pas contentes d'avoir été découvertes et elles ont commencé à fuir. J'espérais qu'elles ne bougeraient pas puisque j'étais certain qu'elles allaient tomber et je me sentais mal de les avoir dérangées. Ce serait ma faute parce que je les avais surprises et leur avais fait peur. Eh bien, miraculeusement, elles ne sont pas tombées. Et même pas quand elles ont traversé un autre précipice encore plus à pic et ont escaladé une autre falaise. Tout comme de gros oiseaux avec des pattes minces, les chèvres ont disparu.

Leur odeur a persisté cependant et mon étonnement avec.

Il faisait noir quand on est retournés à la jeep. On était complètement épuisés et affamés. Je voulais vraiment manger une bonne pizza. Doug m'a dit qu'il connaissait la meilleure place. Alors on y est allés en jeep. Les employés et les clients ont prêté une si grande attention à Doug qu'on avait du mal à passer notre commande. Finalement, on a dû aller ailleurs. Cette fois-ci, Doug est resté dans la jeep pendant que je suis entré pour commander la pizza. Je commençais à comprendre à quel point ça devait être difficile d'être une personne ultra célèbre. C'était un peu comme être un rebelle ou un hors-la-loi.

On s'est gavés de pizza, on est retournés à la petite baie et Hollie et moi on est rentrés dans le sous-marin pour dormir. Le lendemain, Doug nous a rencontrés sur la plage avec un grand sourire aux lèvres. Il avait dans les mains un des journaux locaux. À la une, il y avait une photo de lui et moi quand on quittait le magasin de plein-air, avec nos casquettes de baseball et nos lunettes de soleil. La manchette affichait :

EST-CE LE FILS ILLÉGITIME DE DOUGLAS NICKELS ?

Plus tard, quand on est montés dans le bateau pneumatique pour partir, Doug m'a serré la main très fort et m'a demandé de lui promettre de passer le voir au retour. Je le lui ai promis. Je commençais à comprendre quelque chose que Saba m'avait dit. Elle m'avait dit que c'étaient les points intéressants qui nous attiraient quelque part, mais les gens qu'on y rencontrait nous faisaient y retourner. Elle avait bien raison.

Chapitre vingt

« EST-CE QUE TU lui as demandé son autographe, Al ? »

« Hmm… non je n'y ai jamais pensé. »

« Tu as passé quelques jours avec Douglas Nickels et tu ne lui as même pas demandé son autographe ? »

« C'est juste un homme normal, comme toi et moi… sauf en public. Tu ne croirais pas l'attention que les gens lui portent en public. C'est fou. »

« Je pense que je pourrais le croire. Tu te rends compte qu'il est marié avec Greta Sachs, une des plus belles femmes du monde ? »

« Saba est plus jolie qu'elle. »

« Al, dis-moi que ce n'est pas vrai. Tu as aussi rencontré Greta Sachs ? »

« Oui, mais Saba est plus jolie qu'elle et beaucoup plus intelligente. »

« Je vais le lui dire. Mais, Al, dis-moi, qu'est-ce que Greta Sachs a dit ? »

« Pas grand-chose. Elle voulait vraiment des pièges à fourmis mais on a oublié d'en acheter. »

« Incroyable ! Alors, qu'est-ce que tu vas faire maintenant ? Où mets-tu le cap ? »

« Eh bien, je pense que je devrais éviter la France parce qu'elle a la plus grosse flotte de sous-marins dans la Méditerranée. Je pense que je vais me diriger vers le sud, vers l'Italie. »

« Je regarde la carte en te parlant. La Corse et la Sardaigne sont en plein sur ton chemin. »

« Je sais, mais on peut passer entre les deux, par le détroit de Bonifacio. »

« L'Italie a aussi des sous-marins, tu sais. »

« Ah oui. Peut-être que je devrais rester en Afrique du Nord. C'est très beau par là et il y a moins de trafic maritime. »

« D'accord, mais évite la Libye. Les journaux disent qu'il y a des terroristes. »

« Je vais l'éviter, mais je ne crois pas tout ce qui est écrit dans les journaux. »

« Mieux vaut être prudent, Al. »

« C'est vrai. »

Ziegfried était toujours très prudent.

J'ai décidé de mettre le cap sur la Tunisie pour avoir une chance de voir le plus grand désert du monde. Ça aurait été bien de traverser le détroit de Bonifacio, mais c'était bien trop risqué. Le côté nord était la Corse, une grande île qui appartient à la France et la patrie de Napoléon. Le côté sud était la Sardaigne, une grande île qui appartient à l'Italie. Les deux seraient patrouillées par des navires de la marine et de la garde côtière et peut-être aussi par des sous-marins.

En fait, selon mes guides, il y avait vingt-quatre bases de l'OTAN en Sardaigne. Oh là là ! Mais la Sardaigne avait aussi certaines choses incroyables : un troupeau de chevaux miniatures et les seuls ânes albinos du monde. Les chevaux miniatures étaient de vrais chevaux, pas des poneys, même s'ils mesuraient à peine un mètre de hauteur. Oh, comme j'aurais aimé les voir. Mais ils étaient trop loin à l'intérieur de l'île. Je ne voyais pas comment on pourrait s'y rendre.

Le problème pour voir les ânes était qu'ils étaient sur une plus petite île, appelée Isola Asinara, où se trouvait aussi une prison à sécurité maximale. Ce n'était pas pour rien que j'avais eu un mauvais pressentiment à propos de cet endroit.

La Sardaigne était célèbre aussi à cause de ses magnifiques grottes. Elles étaient coupées dans des falaises qui tombaient dans la mer. Puisqu'on allait passer si proche de l'île de toute façon, j'ai pensé qu'on pourrait regarder les falaises en passant, peut-être même s'arrêter pour laisser Hollie courir sur la plage.

D'une certaine distance, à travers mes jumelles, les grottes ressemblaient à des points noirs sur un gâteau d'anniversaire blanc. J'ai pénétré dans la zone des 20 kilomètres avec une certaine inquiétude. Pourquoi y avait-il 24 bases de l'OTAN sur une même île? Le Canada faisait partie de l'OTAN, l'Organisation du Traité de l'Atlantique Nord, et peut-être que ça nous aiderait si on se faisait arrêter. On a traversé dans la zone des 20 kilomètres juste avant l'aube et j'ai hissé le drapeau canadien et le drapeau italien pendant qu'il faisait encore noir, au cas où quelqu'un nous surveillerait au lever du soleil.

À huit kilomètres des falaises, je ne voyais presque rien sur le radar, à part quelques bateaux de pêche. Pour une île avec 24 bases de l'OTAN, elle semblait étrangement silencieuse. Et puis, soudain, depuis le nord, est arrivé un bip sur le radar. Et il arrivait trop vite pour être un navire. Oh là là ! C'était sûrement un hélicoptère ou un avion !

On n'avait même pas le temps de plonger. En fait, on aurait pu plonger, mais on nous aurait repérés du ciel de toute façon, aussitôt qu'on serait apparus sur leur écran de radar. C'était une chance d'être à la surface et non pas submergés et d'arborer les bons drapeaux. Au moins, tout était légal.

C'était un petit avion. Il est passé juste au-dessus de nos têtes, puis il a fait un virage et il est repassé pour nous voir de plus près. Debout sur le kiosque, je les ai salués de la main. Je voulais leur montrer qu'on était gentils. L'avion a baissé son aile comme pour dire allô. Ça, c'était un bon signe. Ils avaient dû identifier nos drapeaux.

Était-ce la garde côtière? Je ne pouvais pas le dire. Peut-être que ce n'était qu'un avion de plaisance. Est-ce qu'ils signaleraient notre présence ? Probablement, mais je ne pouvais pas en être sûr. Que faire : risquer d'aller voir les grottes ou être prudents et quitter la zone des 20 kilomètres ? Que ferait Ziegfried à ma place ?

J'ai regardé Hollie depuis le kiosque. Il remuait la queue et me regardait avec espoir. « Je suis désolé, Hollie. Il y aura d'autres plages. On en trouvera une autre. » J'ai fait faire demi-tour au sous-marin.

Moins d'une heure plus tard, je m'en suis félicité. Mon radar a révélé deux navires qui quittaient la côte et venaient dans notre direction, mais trop loin en arrière pour nous rattraper avant qu'on ait quitté la zone des 20 kilomètres. Puis, juste avant de quitter la zone, l'avion nous a encore survolés. Cette fois-ci, je pouvais mieux les voir avec mes jumelles. C'était bien la garde côtière italienne. J'ai de nouveau fait signe de la main avant de quitter leurs eaux territoriales et ils ont de nouveau baissé leur aile. Ciao !

Il faudrait aller visiter des grottes ailleurs.

C'était la Tunisie qui nous offrait la meilleure chance de voir le Sahara. Le désert était protégé par une bordure de montagnes au nord, une bordure qui mesurait des centaines de kilomètres par endroits. Mais, en Tunisie, dans le golfe de Gabès, le Sahara s'étendait en une péninsule étroite jusqu'à la mer. C'était le meilleur endroit pour voir le désert, si on était chanceux.

Il y avait aussi, dans le golfe de Gabès, l'île de Djerba, où des pêcheurs plongeaient encore pour récolter des éponges, même si c'était une tradition qui se perdait. Et il y avait là des rumeurs d'une ville submergée ! Pourrait-ce être l'île perdue d'Atlantide ? Probablement que non.

Gabès, une petite ville côtière, était la porte d'entrée du Chott el-Jérid, un grand lac salé qui supposément étincelait comme des bijoux, mais était aussi aride et désertique que la lune. Je voulais aller voir ça aussi !

Nous avons mis seulement une journée pour atteindre la côte de la Tunisie. Dans l'Atlantique, un jour de voyage ne vous amenait pas très loin. Dans la Méditerranée, un jour amenait partout. Mais ça faisait deux jours qu'on était en mer, sans pause. Je n'avais pas dormi du tout et Hollie n'était pas sorti pour courir.

La côte de la Tunisie tournait brusquement vers le bas, comme un coude, et continuait vers le sud pendant plus de 950 kilomètres avant de se redresser sur la frontière avec la Libye. Dans la noirceur de la nuit, avec nos lumières allumées et une brise chaude qui parvenait du désert, on a descendu la côte, en surveillant le trafic maritime, prêts à s'enfuir au premier signe de danger.

À peine quelques heures avant le lever du soleil, on est arrivés à l'île de Djerba, la terre des mangeurs de lotus, selon mon guide, et l'île célèbre où Ulysse et son équipage ont été ensorcelés et ne voulaient plus partir. Même si cette île était magnifique, je ne pensais pas avoir ce même problème.

Le périscope a révélé un brise-lames improvisé, juste une

grosse pile de roches jetées à la mer, une large plage et absolument personne. Je suis remonté à la surface et j'ai ouvert la trappe. Algue est sorti pour inspecter les environs. Hollie et moi on est sortis, on a amarré le sous-marin à un rocher, puis on a sauté sur la plage.

Hollie était un chien tellement intelligent. Il n'aboyait jamais dans un nouvel endroit. Et il ne courait pas trop loin non plus. Il s'est aventuré à moins d'un kilomètre sur la plage, puis il est revenu, avant de repartir dans la même direction. L'air était chaud et sec et très plaisant. Le sable était chaud sous mes pieds. Le ciel brillait comme un coffre à bijoux. C'était vraiment incroyable d'être de retour sur le continent africain.

Chapitre vingt-et-un

PARFOIS, DANS LA VIE, tu rencontres quelqu'un et tu sais tout de suite que vous allez devenir de bons amis.

J'ai dormi toute la journée et une partie de la nuit. J'ai remonté le sous-marin à la surface quelques heures avant le lever du soleil, j'ai ouvert la trappe, j'ai lancé quelques biscuits pour chiens à Algue et j'ai de nouveau amené Hollie courir sur la plage. Cette fois-ci, j'ai amarré le sous-marin au brise-lames entre deux rochers et je l'ai laissé à fleur d'eau, la proue et la poupe submergées, avec juste la moitié du kiosque qui dépassait. Quand on est revenus de notre promenade, j'ai préparé un petit-déjeuner complet et on s'est assis sur la trappe à regarder le lever du soleil. Hollie était content. La vie d'un sous-marinier est parfois si sereine qu'il n'y a pas de mot pour la décrire.

Après m'être assuré qu'on était bien cachés, j'ai rentré Hollie dans le sous-marin, j'ai allumé la radio pour lui, je lui ai donné une nouvelle balle, je suis sorti et j'ai fermé la trappe. Je voulais pratiquer la plongée ici où, supposément, les plongeurs ramassaient des éponges du fond marin et où mon guide disait qu'il y avait des rumeurs de villes submergées.

Depuis les trois ans que je connaissais Ziegfried, j'avais appris à plonger sans réserves d'oxygène à une profondeur de presque 30 mètres et je pouvais retenir mon souffle pendant deux minutes. Ça ne semblait pas représenter un gros défi maintenant, mais il y avait eu une période de temps où 45 secondes et 12 mètres semblaient hors de ma portée. J'avais dû pratiquer beaucoup pour m'améliorer en plongée libre.

L'eau sous le sous-marin descendait seulement à 20 mètres, alors j'ai nagé un peu plus loin, où je jugeais que l'eau était jusqu'à une profondeur de plus de 25 mètres. J'ai fait mes exercices de respiration et j'ai plongé. L'eau de la mer était chaude comme dans une baignoire. Le soleil du matin éclairait la mer à une profondeur d'environ 10 mètres. Comparé à l'eau sombre de chez nous à l'Anse aux Ténèbres, ça semblait être une toute autre planète.

C'était plus facile de plonger plus profond et de retenir mon souffle plus longtemps dans de l'eau plus chaude et plonger était encore plus amusant. Je m'amusais tellement que j'ai pris pour acquis que j'étais tout seul dans l'eau.

Mais, ce n'était pas le cas.

Au fond, j'ai découvert des éponges attachées à des roches, tout comme les éponges que Saba avait dans la salle de bains à Terre-Neuve, sauf qu'elles étaient un peu plus rugueuses. J'ai mis ma main sur une éponge et je l'ai pressée. C'était pareil, mais elle était attachée à une roche et je ne pouvais pas la défaire même en tirant très fort dessus. Il faudrait la couper pour l'enlever. J'ai décidé de retourner au sous-marin pour prendre un couteau. Je me suis retourné et… je suis resté figé sur place !

À moins de cinq mètres de moi, il y avait un gros requin ! Il s'est précipité vers moi et a changé de cap à la dernière seconde. Sa bouche était grande ouverte et j'y voyais des rangées de dents acérées. Tout s'est passé tellement vite que je n'ai pas eu le temps de penser. J'avais peur mais je n'ai pas paniqué. Le requin a décrit un cercle dans l'eau puis est revenu vers moi. Il nageait vite !

Je devais retourner à la surface pour respirer, mais j'avais peur de bouger. Le requin a de nouveau foncé sur moi. Il est venu tellement vite que j'ai vu tout son corps trembler sous l'effort physique. Je me suis préparé à l'esquiver. À cet instant, un corps mince et brun est passé au-dessus de moi en direction du requin ! Le requin a de nouveau changé de cap et a disparu. Le corps tenait un couteau. Il s'est retourné pour me regarder et il a souri.

On a nagé ensemble jusqu'à la surface. J'ai remarqué qu'il avait un sac en jute qui flottait et qu'il remplissait d'éponges. Le sac était attaché à trois bidons en plastique qui servaient de bouée. Il n'avait pas de bateau. Il avait nagé depuis la plage par lui-même. Il était très excité de m'avoir trouvé et il m'a dit quelque chose d'une voix fébrile dans une langue que je n'ai pas comprise. Puis, il a indiqué avec des gestes qu'on devrait plonger encore. Il n'avait pas peur du requin, lui ai-je demandé avec mes propres gestes. Il a haussé les épaules. Pas du tout ! Il a commencé à faire des exercices de respiration, tout comme moi je les faisais. Alors… je l'ai suivi.

Ensemble, on a plongé et j'ai observé comment il détachait les éponges avec son couteau, comme un expert, et les plaçait dans un plus petit sac. Il travaillait vite mais avec calme. Moi je guettais les requins.

Il s'appelait Omar. Il avait mon âge et ma taille. Il était très mince et en excellente forme. On a plongé environ dix fois ensemble, ce qui était un excellent entraînement pour moi. J'ai vu deux autres requins, mais ils ne nous ont pas dérangés. En voyant ses mouvements gracieux dans l'eau, je savais qu'Omar faisait beaucoup de plongée. À côté de lui, je me sentais un peu maladroit. Il m'a laissé prendre le couteau une ou deux fois et m'a montré comment détacher les éponges. J'en ai choisi deux belles pour rapporter à Saba.

Quand le sac d'Omar était plein, on a regagné la plage. J'ai indiqué la direction du sous-marin, qu'on ne pouvait pas vraiment voir depuis là où on était. Il m'a regardé d'un air perplexe. J'ai dit: « sous-marin », mais il ne comprenait toujours pas. J'ai commencé à nager vers le sous-marin et je lui ai fait signe de me suivre. Il fallait que je le lui montre.

Omar n'avait aucune peur des requins, mais il était absolument terrifié par le sous-marin. Il l'a regardé comme si c'était un monstre marin qu'il refusait d'approcher. J'ai essayé de le convaincre, mais il a fait signe que non de la tête. Alors, je suis monté sur le kiosque et j'ai ouvert la trappe. Je suis entré et je suis ressorti avec Hollie. Quand il a vu Hollie, il a fait un grand sourire et a commencé à se détendre. Il est finalement venu vers le sous-marin et il est monté sur le kiosque, mais il refusait d'entrer dans le sous-marin lui-même.

Plus tard, on était assis ensemble sur la plage et on communiquait par dessins dans le sable. Algue est venu nous voir quand il nous a vus gratter dans le sable avec un bâton. La première chose que j'ai dû faire comprendre à Omar était qu'Algue faisait partie de l'équipage. Ce n'était pas facile à expliquer. Puis Omar m'a fait savoir qu'il venait du désert.

D'après ses dessins dans le sable, Omar traversait parfois le désert à dos de chameau avec sa famille et, parfois, il venait plonger pour chercher des éponges tout seul. C'était ce qu'il préférait faire dans la vie; je le savais d'après la façon dont il souriait en se dessinant dans le sable, en train de plonger. Mais sa famille lui manquait. Je lui ai demandé combien de frères et sœurs il avait. Il a dessiné 12 personnes dans le sable. Oh là là. À côté de son père, il a dessiné trois femmes. Est-ce que son père avait trois sœurs?, ai-je demandé. Non. Trois femmes. Ah bon.

D'après un autre dessin, il semblait qu'ils avaient une ferme dans le désert. Je ne pouvais pas comprendre comment on pouvait avoir une ferme dans le désert, mais il a dessiné une montagne et il a dessiné la ferme sur un côté de la montagne. Il a dessiné des nuages pour ensuite les rayer. Il n'y avait pas assez d'eau? Il a acquiescé.

La chose la plus difficile à faire comprendre à Omar était le sous-marin. Pourquoi est-ce que le sous-marin ne coulait pas? La seule façon vraiment de le lui montrer était de l'encourager à entrer dans le sous-marin avec moi. Ça a pris du temps. Il a descendu prudemment l'échelle et a tout regardé avec de grands yeux ronds. Il a aperçu les fusils à plombs et a hoché la tête d'un air approbateur. J'en ai ramassé un et je le lui ai donné. Ça l'a rendu si heureux qu'il m'a fait un gros câlin.

Puis je lui ai montré le compartiment du moteur et les piles de jouets qui étaient toujours emballés dans du plastique. Est-ce que ses frères et sœurs aimeraient ces jouets? lui ai-je demandé. Oui, absolument. Quand Omar a vu le moteur, il a ouvert la bouche et ses yeux sont devenus très sérieux.

Il a essayé de m'expliquer quelque chose, quelque chose de très important, mais il faisait des gestes trop rapides et je ne pouvais pas le comprendre. Je lui ai donné une feuille de papier et un crayon et il a soigneusement dessiné un diagramme très détaillé. Quand finalement il m'a donné la feuille de papier, je l'ai regardée pour essayer de comprendre ce que ça pouvait bien signifier.

Il continuait d'indiquer le moteur et le diagramme sur la feuille de papier, qui comprenait aussi une carte. Est-ce qu'il y avait un autre moteur ? Oui. Est-ce qu'il voulait me le montrer ? Oui. Est-ce qu'il voulait que j'essaie de le réparer ? Oui. Est-ce que ce moteur était loin d'ici ? Pas trop loin, a-t-il dit, trois ou quatre jours en chameau. Est-ce que je viendrais avec lui ? Oui, bien sûr !

J'avais quand même quelques inquiétudes. Où est-ce que je pourrais cacher le sous-marin pendant si longtemps ? Trois ou quatre jours pour y aller puis trois ou quatre jours pour revenir… et il me faudrait aussi quelques jours, ou plus, pour travailler au moteur. Ceci signifierait au moins une semaine et demie. Je pourrais amener Hollie avec moi, mais qu'est-ce que je ferais avec Algue ?

Ça ne me dérangeait pas de le laisser pendant quelques jours, mais neuf ou dix jours étaient bien trop long. Est-ce qu'une mouette pouvait survivre dans le désert si elle avait assez d'eau ? Il faudrait que je le demande à Ziegfried. Il faudrait que je lui parle de toute façon pour voir quelle serait la meilleure manière de réparer le moteur. Quels outils devrais-je apporter avec moi ? Quelles pièces de rechange ? Même si Ziegfried m'avait enseigné plein de choses depuis trois ans, je n'étais qu'un apprenti pour ce qui était des moteurs.

On a apporté les fusils à plombs à la plage et on y a installé des cibles. Puis, on a pratiqué le tir pendant des heures. Quand on n'avait plus de plombs, on a passé la plage au peigne fin pour essayer de trouver de petits cailloux qui logeraient dans les fusils. Je ne m'étais pas autant amusé depuis longtemps. J'ai demandé à Omar si quelqu'un pouvait nous découvrir. Est-ce que je devais apporter mon passeport ? Il a dit que non. Personne ne viendrait. Et quand on voyagera dans le désert, je porterai un turban autour de ma tête et sur mon visage comme lui. Personne ne pourra donc me reconnaître. Cool, ai-je pensé.

Chapitre vingt-deux

«C'EST QUOI LE PROBLÈME du moteur?»

«Je suis presque certain que c'est un moteur à diesel. Ils l'utilisent pour pomper de l'eau jusqu'en haut de la colline pour irriguer leurs champs.»

«Ah, je vois.»

Ziegfried est resté silencieux pendant un long moment. Je pouvais imaginer son visage. Il formulait un plan d'action dans sa tête. Son cerveau était comme un ordinateur, précis et organisé. C'était au-delà de mes capacités.

«C'est probablement un très vieux moteur. Si c'est le cas, il n'y aura pas grand-chose à démonter, ce qui est bien. Peut-être que quelque chose empêche l'injection du carburant ou de l'huile ou des deux. Tiens compte du fait que, de temps en temps, tous les moteurs ont besoin d'une mise au point et d'un bon nettoyage. Les gens ajoutent sans cesse de l'huile à leur moteur, mais ne pensent jamais à la changer.

Alors, il faudra apporter de la nouvelle huile avec toi. Apportes-en assez pour bien faire tremper le moteur. Vide-le, remplis-le, mets-le en marche, vide-le, puis remplis-le encore. Enlève le couvre-culasse et tu voudras peut-être rincer les cylindres avec du diesel. Nettoie le moteur en premier, rince-le, sèche-le et donne-lui du nouveau carburant. Nettoie les filtres d'huile et d'air. Là, tu auras une meilleure idée du problème, à part les défauts visuels évidents.

Apporte tous tes boyaux universels, adaptateurs, fils, boulons, tout le kit, et tes outils bien sûr. N'oublie pas d'apporter tes fichiers. Garde une liste de tout ce que tu utilises et je t'apporterai des pièces de rechange pour tout ce que tu leur laisseras. »

« D'accord, mais qu'est-ce que je fais avec Algue ? »

« Il devrait tenir le coup, je pense, mais il faudra faire tremper toute sa nourriture dans de l'eau. Fais attention aux serpents, cependant. Les oiseaux et les serpents sont des ennemis jurés. Et fais attention à toi aussi, Al. Les serpents, les araignées, les scorpions… le soleil du désert… Misère, tu es bien sûr de vouloir y aller ? »

« Oui, j'en suis sûr. »

« D'accord. Mais garde ton petit ami près de toi. Je ne voudrais pas apprendre qu'il s'est fait écraser par un chameau ou mordre par un serpent. »

« C'est entendu. »

Ziegfried parlait de Hollie, bien sûr. Il avait un faible pour tous les oiseaux et tous les animaux d'ailleurs, mais surtout pour Hollie parce qu'il était un petit rejeton… malgré le fait qu'il était probablement le rejeton le plus intelligent que le monde ait jamais connu.

Après avoir étudié les cartes, Omar et moi avons découvert que si nous nous rencontrions sur la côte, juste au nord de Gabès, lui à dos de chameau et moi dans mon sous-marin, on pourrait réduire notre périple jusqu'aux contreforts de Djebel Biada, la montagne où se situait le moteur pour la pompe. Il nous faudrait alors seulement deux jours à dos de chameau, m'a-t-il dit. Je devais lui faire confiance à cet égard puisque je n'avais jamais vu de vrai chameau, ni le désert. Je lui ai demandé si on pouvait voir les lacs salés en route, mais j'ai eu beau essayer de le lui expliquer, je ne pouvais pas lui faire comprendre ce que je voulais dire.

Ça prendrait deux jours avant qu'il me rejoigne. Cela me convenait. Ça me donnait le temps d'explorer la baie pour trouver des traces de ville submergée et un bon endroit pour cacher le sous-marin. Omar m'a prévenu de faire attention aux requins et d'être dur avec eux.

Il faut les traiter comme des chiens sauvages, a-t-il dit. Donne-leur des coups de pied, fonce sur eux et, surtout, ne les laisse jamais croire que tu as peur d'eux. D'accord. C'est entendu, lui ai-je dit. Je lui ai demandé s'il avait entendu parler de la ville submergée. Il a fait signe que non de la tête, mais je ne pense pas qu'il avait vraiment compris ce que je lui demandais et j'étais trop fatigué pour essayer de le lui expliquer.

Il est parti avec son sac d'éponges, dans lequel il y avait maintenant le fusil à plombs et aussi toute une variété de jouets. Il allait vendre les éponges au marché, traverser l'île pendant 8 kilomètres pour prendre le traversier jusqu'au continent et faire encore 24 kilomètres pour arriver chez lui ! Une fois chez lui, il expliquerait la situation à son père et préparerait les chameaux pour venir à ma rencontre. On s'est serré la main. Il m'a fait un câlin et il est parti. Je l'ai regardé disparaître le long de la plage, le sac d'éponges sur l'épaule.

Je suis descendu dans le sous-marin, très fatigué maintenant, mais déterminé à changer mon rythme de sommeil pour la semaine. Je ne voulais pas m'endormir sur le dos d'un chameau. Le radar n'indiquait aucun trafic maritime, donc je me suis aventuré dans la baie, restant juste six mètres environ au-dessus du fond pour pouvoir regarder par le hublot d'observation. J'ai convaincu Algue de rentrer en lui offrant une collation parce qu'il pouvait tout bien observer depuis le hublot. Trois heures plus tard, après avoir zigzagué dans la baie, j'avais vu seulement de vieilles urnes, de la poterie cassée et quelques squelettes de bateaux en bois. Je me suis alors rendu compte qu'il me faudrait non seulement composer avec le sable de la mer, mais qu'il y avait aussi des milliers d'années de sable qui soufflaient de la terre et se déposaient sur le fond marin qui pouvait cacher une ville submergée aussi facilement qu'une ville sur la terre. L'île perdue d'Atlantide serait peut-être beaucoup plus difficile à trouver que je ne l'avais pensé.

Hollie ne s'intéressait guère au hublot d'observation parce qu'il ne pouvait rien y sentir. Algue a scruté l'eau consciencieusement avec une patience que seule une mouette peut démontrer. Après une heure, il n'avait même pas picoré le verre une fois. Bon, d'accord. Je me suis installé au fond pour dormir.

On avait décidé de se rencontrer au nord de Gabès, là où un vieux cargo s'était échoué sur la plage. Je ne me rappelais pas l'avoir vu, mais Omar insistait qu'il était là. Il a dit qu'il allumerait un feu sur la plage la nuit et que c'est comme ça que je le trouverai.

Je n'ai eu aucun problème à trouver le vieux navire. C'était un vieux cargo grec en acier. Il était rouillé et avait une couleur brun rougeâtre, y compris le pont et la cabine. Le navire avait échoué sur un banc de sable il y avait très longtemps et reposait sur le côté à une distance de 30 mètres de la côte. Le problème était de trouver un bon endroit pour amarrer le sous-marin, surtout pour le cacher pendant toute une semaine.

Je faisais le va-et-vient le long de la côte à la recherche d'une baie abritée, mais la côte n'était pas vraiment propice. Elle était complètement ouverte et exposée aux éléments.

Finalement, je suis tombé sur la solution la plus évidente : pourquoi ne pas amarrer le sous-marin au cargo lui-même ? Si je le laissais submergé, avec le kiosque à quelques centimètres au-dessus de la surface de l'eau, et amarré du côté mer, personne ne le remarquerait.

Puis, j'ai trouvé quelque chose d'encore mieux. Je me suis approché du navire abandonné. Je suis sorti du sous-marin et j'ai sauté sur le vieux cargo. Après avoir exploré pendant un bout de temps, j'ai découvert qu'une partie du pont du navire était submergée et l'autre partie exposée, avec un toit couvert. Serait-il possible de cacher le sous-marin sous le pont, là où il était sur le côté, de façon à ce que le kiosque passe par une fenêtre et dans la cabine ? De cette façon, il serait caché de la plage ainsi que du ciel. La seule façon de le voir serait de grimper sur le vieux navire et de regarder à l'intérieur, où il faisait tout noir. Et quelles étaient les chances que cela se produise ?

Mais manœuvrer le sous-marin sous le vieux navire de travers n'était pas chose facile. Il y avait tellement de surfaces sur lesquelles les ondes sonar pouvaient rebondir que je n'étais plus sûr de ce que je voyais à l'écran. Plusieurs fois le sous-marin a légèrement frappé le métal rouillé du navire et a fait un son épouvantable, comme les cris d'un cochon. Je ne m'inquiétais pas du risque que le navire change de position ; il n'avait probablement pas bougé depuis trente ans, mais j'étais un peu inquiet que le sous-marin reste coincé sous le navire.

Je devais passer complètement sous la surface pour cacher le kiosque à l'intérieur du pont. Une fois à l'intérieur, je suis remonté à la surface prudemment pour que le kiosque soit à environ 25 centimètres au-dessus de la surface de l'eau. Il faisait noir et c'était un peu épeurant. J'allais attendre le lever du soleil pour évaluer la situation.

J'avais encore toute une journée avant qu'Omar arrive. J'ai décidé de passer la matinée à mettre de l'ordre dans les pièces de rechange et les outils et à mettre de côté une semaine de nourriture pour l'équipage. Dans l'après-midi, je ferai mes exercices de plongée puisque c'était le moment de la journée où les requins étaient le moins susceptibles de chercher de la nourriture. Je ferai une sieste avant le coucher du soleil.

Il s'est avéré que de rester au navire toute une journée était une bonne chose. Ça a donné à Algue le temps de s'y habituer. Il y avait plein de petits crabes et d'autres choses pour tenir une mouette occupée s'il revenait avant nous. C'est de cela que j'avais le plus peur, qu'il y revienne, ne nous voie pas pendant quelques jours et s'en aille.

S'il pouvait toujours voir le sous-marin, il penserait qu'on reviendrait, comme d'habitude. C'est juste que je ne savais pas pendant combien de temps il nous attendrait. Je laisserai un de mes vieux t-shirts attaché à la trappe pour aider sa mémoire. Je savais que les mouettes étaient expertes pour survivre dans des conditions difficiles. Et Algue était une mouette extraordinaire. Néanmoins, je me ferai des soucis pour lui.

À la fin du crépuscule, j'ai vu quatre chameaux émerger sur la plage. Quelles créatures bizarres ! Leur démarche était étrange aussi, vue de loin du moins et dans la nuit qui montait. J'ai grimpé dans le sous-marin, j'ai sorti le bateau pneumatique et l'ai gonflé, mais j'ai laissé Hollie en arrière puisque je ne savais pas comment il allait réagir face aux chameaux et je ne voulais pas risquer de le perdre dans la noirceur.

Quand j'ai atteint la plage, Omar avait déjà allumé un feu de camp. Mais il n'était pas seul. Il avait amené avec lui son père et son oncle.

Chapitre vingt-trois

LES CHAMEAUX détestaient Hollie. Et, en plus, ils avaient très peur de lui. C'était la rencontre la plus bizarre : quatre grands chameaux de mauvais caractère et un petit chien. Hollie les a dominés et intimidés dès le début. Je me demandais si c'était en partie parce que les chameaux ne l'avaient jamais bien regardé. J'ai même dû le cacher sinon on n'aurait jamais réussi à le mettre sur leur dos et partir. J'ai dû l'enrouler dans une écharpe et le faire monter sur le dos du chameau dans un sac en toile. Et c'est là qu'il a passé le plus clair de son temps, en grognant sourdement pendant les quelques premières heures du voyage. Heureusement, les chameaux ne pouvaient pas l'entendre, malgré le fait qu'ils devaient bien se douter qu'il était là puisqu'ils jetaient un coup d'œil nerveux en arrière de temps en temps. Mais les chameliers, Omar, son père et son oncle, étaient très stricts avec ces créatures du désert. Ils m'ont clairement expliqué dès le début que les chameaux n'étaient pas des animaux de compagnie.

Omar ne ressemblait ni à son père ni à son oncle. Je me demandais même s'il avait été adopté. C'était soit ça, soit le soleil du désert qui avait tellement vieilli les deux hommes qu'ils étaient vieux avant leur temps. Ils avaient la peau sèche et ridée, comme celle de vieilles patates, et comme celle de mon grand-père, tandis que la peau d'Omar était lisse comme celle d'une pomme.

Les deux hommes m'ont salué cordialement avec des mots qui, j'en étais presque sûr, étaient des bénédictions. Ils ont pris mes mains dans les leurs et les ont serrées fort. Quand ils ont vu le sac d'outils que je transportais, ils ont hoché la tête respectueusement. Je me sentais pas mal important.

Ce sentiment a vite diminué la première fois que je suis tombé du chameau. C'était le rythme irrégulier de l'animal; j'avais du mal à me synchroniser avec ses mouvements. La deuxième fois que je suis tombé, je n'avais plus aucun sentiment d'importance. La terre était à une bonne distance et le choc me faisait vraiment mal, je n'allais donc pas me laisser tomber une troisième fois. Heureusement, Hollie avait un meilleur équilibre que moi. J'ai essayé de minimiser ma honte en expliquant à Omar que j'avais passé tellement de temps en mer que je n'avais plus vraiment le sens de l'équilibre sur la terre ferme. Il m'a souri et m'a fait un signe amical de la tête, ce qui était bien gentil puisque je savais qu'il n'avait aucune idée de ce dont je parlais.

Les chameaux sentaient mauvais et étaient de mauvaise humeur, mais c'était quand même amusant de voyager sur leur dos. J'étais surpris par la lenteur de notre trajet, mais peut-être que ça semblait seulement lent à cause des vastes espaces grand ouverts. Lorsqu'on a quitté la plage et qu'on a traversé un petit plateau, le désert sans fin s'est révélé à nous et puis a juste disparu dans un mélange de chaleur et de brouillard sur l'horizon.

Une fois loin de l'eau, la température a soudain augmenté d'au moins dix degrés. Omar m'a alors donné un *dishdasha* (une longue tunique) blanc à porter par-dessus mon t-shirt et mon short. Il m'a aidé à enrouler un long morceau de tissu bleu autour de ma tête, laissant seulement une ouverture pour mes yeux et mon nez. Ça me protégeait de la chaleur écrasante du soleil et me rafraîchissait. Je me disais que j'aurais dû apporter un miroir et un appareil photo.

Après avoir passé deux heures à dos de chameau, j'avais très sommeil. Le mouvement du chameau, un bercement lent et inégal comme un bateau mal construit, était d'une telle lenteur que, combiné à la chaleur intense et au calme absolu, il agissait comme une potion magique. Le paysage désolé, fascinant à regarder pendant une heure environ, m'a peu à peu rappelé la mer, sauf que la mer ne me faisait pas dormir parce qu'elle était en mouvement continu.

On est arrivés au Chott el-Fejaj, un des lacs salés. C'était bel et bien un lac salé ; il n'y avait même pas d'eau ! Que du sel ! Je pensais qu'il aurait fallu l'appeler un champ de sel. Ils auraient pu l'appeler un lac de cristaux parce qu'à certains endroits il scintillait comme des cristaux. Après avoir passé une heure à traverser le lac, j'ai aperçu une très longue caravane de chameaux au loin à l'horizon. J'ai appelé Omar pour qu'il les regarde, mais il ne les voyait pas. « Regarde ! » lui ai-je crié.

« Regarde tous les chameaux ! » Il y en avait bien des centaines, tous en ligne droite. On avait chargé sur leur dos toutes sortes de paquets étranges. Mais quand j'ai regardé de nouveau, ils étaient partis. Ils n'avaient jamais été là. Ça a été mon premier et mon plus beau mirage.

L'après-midi, après avoir essayé sans succès de s'installer confortablement sur le dos d'un chameau, Algue est retourné à la mer. Je l'ai vu monter en spirale, lentement, jusqu'à ce qu'il atteigne sa plus haute altitude. Je savais qu'il cherchait la mer. Quand il l'a trouvée, il s'est redressé et s'est dirigé directement vers elle. Mes sentiments étaient partagés à le voir s'en aller. C'était probablement ce qu'il y avait de mieux pour lui. Il trouverait le vieux cargo rouillé et le sous-marin. Il y resterait jusqu'à notre retour. Mais maintenant j'étais encore plus conscient du passage du temps. Je travaillerai tout de suite au moteur en arrivant et je n'arrêterai pas avant d'avoir fini.

On a passé une nuit dans un froid arctique dans le désert ! Peut-être était-ce le contraste avec la température du jour, je n'en savais rien, mais le sable du désert ne retenait pas la chaleur comme le faisait le sable de la plage. J'ai dormi dans mes vêtements, enroulé dans mon sac de couchage, avec Hollie sur mes pieds.

La chose la plus agréable était qu'une fois qu'on avait installé la tente, une longue tente en tissu noir, qu'on avait fait un feu et qu'on avait mangé, le père et l'oncle d'Omar ont commencé à jouer de la musique. Ils ont sorti un instrument à cordes, qui ressemblait à une petite guitare ronde et une flûte en bois dans une gourde qui semblait être en pierre. Quand ils ont commencé à jouer, j'ai tout de suite reconnu le son. J'avais entendu cette sorte de musique à la radio. Omar et moi avons gardé le rythme en battant deux bâtons ensemble.

Mais je n'ai pas pu garder les yeux ouverts très longtemps et j'ai été le premier à entrer dans la tente pour dormir. Je ne me rappelle même pas m'être endormi. Traverser le désert à dos de chameau était complètement épuisant. La chaleur volait toute notre énergie.

Le matin du deuxième jour on pouvait déjà voir la montagne vers laquelle on se dirigeait. Sous la chaleur accablante, la montagne paraissait deux fois sa vraie hauteur et, parfois même, elle disparaissait complètement! C'était incroyable. On bondissait et on était ballottés d'un côté à l'autre comme des fourmis sur une plage.

Avec le passage du matin à l'après-midi, puis de l'après-midi au soir, je suis tombé dans une sorte de transe hypnotique, un peu comme du somnambulisme. Le désert n'était pas l'endroit où être seul avec ses pensées ; c'était plutôt l'endroit où perdre ses pensées et se concentrer sur sa respiration. J'ai pensé que Saba aurait aimé ça. Tout cela me rappelait comment elle décrivait ses exercices de yoga. Personnellement, je serai très heureux de retourner à mon sous-marin.

Il faisait noir quand on est arrivés. Je ne pouvais même pas me rappeler nos dernières heures sur le chameau. J'ai déposé mon sac de couchage dès que la tente a été montée et je me suis endormi tout de suite. Quand je me suis réveillé le lendemain matin, j'ai remarqué qu'on avait atteint la base de la montagne. Étrangement, la montagne commençait subitement comme si quelqu'un avait dessiné une ligne dans le sable et avait dit : « D'accord, c'est ici qu'on mettra la montagne. »

Il y avait une petite remise en bois de laquelle sortaient des tuyaux. Les tuyaux serpentaient jusqu'en haut de la montagne. La montagne elle-même avait l'air bien trop sèche pour pouvoir y faire pousser quoi que ce soit. Mais Omar m'a assuré qu'on pouvait y cultiver des plantes. À l'intérieur de la remise, j'ai trouvé le moteur. C'était en effet un vieux moteur diesel à deux cylindres. Quelqu'un l'avait connecté assez habilement à une pompe pour faire monter l'eau en haut de la montagne à partir d'un puits profond.

En regardant autour de la remise, j'ai vu des faisceaux de lumière très minces qui passaient à travers des fissures entre les planches de bois. Si le soleil y pénétrait, alors le sable fin du désert entrait lui aussi dans la remise avec l'air et la brise et envahissait absolument tous les recoins. Il fallait à tout prix réparer ces fissures. Le sable était l'ennemi juré d'un moteur.

J'ai apporté mes outils dans la remise et me suis mis au travail. Hollie s'est installé dans un coin de la remise avec sa balle. Il était content d'être à l'abris du soleil et de ne plus être sur le dos d'un chameau.

En premier, j'ai aspergé les boulons du moteur avec un fluide anti-rouille parce qu'ils n'avaient sûrement pas été enlevés depuis des années et je voulais leur donner le temps de se libérer un peu de la rouille qui les emprisonnait. Puis j'ai enlevé les boulons avec une clé à molette, en suivant l'inverse des instructions qui avaient été estampées sur le haut du moteur des années avant ma naissance.

Malgré le fait que le moteur n'était pas si gros, la moitié de la taille d'un pupitre, j'ai quand même eu besoin de l'aide d'Omar pour enlever le haut du moteur. À l'intérieur, j'ai trouvé les pistons recouverts d'une couche très fine de crasse, un peu comme de l'argile. Ça devait être un mélange de poudre du désert et d'huile à moteur. Peu importe ce que c'était, ce n'était pas bon pour un moteur. La crasse était partout.

C'est lorsque j'ai drainé l'huile du moteur que j'ai vraiment eu un choc. Je savais que l'huile n'avait pas été changée depuis très longtemps parce que le bouchon de la vanne de vidange était difficile à enlever. J'ai dû l'asperger de fluide, attendre et puis l'arracher avec des étaux. Ziegfried avait raison. La personne qui s'occupait du moteur avait tout simplement ajouté de l'huile nouvelle à chaque fois. Mon grand-père était un peu comme ça aussi. L'huile, c'était de l'huile, disait-il, ça devient noir dès que ça entre dans le moteur. Pourquoi gaspiller de l'argent pour de la nouvelle huile ? Mon grand-père pensait que lorsque le moteur de son bateau de pêche toussait et faisait plein de petits bruits c'était normal.

J'ai regardé l'huile sale drainée dans une vieille cannette que j'avais trouvée dans la remise. Finalement, le débit a considérablement ralenti et c'était plus épais. L'huile ne coulait plus du tout et tombait en mottes, comme quand le lait surit et se transforme en colle. J'ai pressé l'huile entre mes doigts et je pouvais détecter la poudre fine du désert. C'était incroyable que ce moteur ait même pu fonctionner du tout. Eh bien, je suivrais les directives de Ziegfried et on verrait.

J'ai passé toute la journée dans la remise, sans sortir une seule fois. Omar a passé la majorité de son temps avec moi, ce qui était bien et moins bien. Au début, il regardait par-dessus mon épaule avec un émerveillement qui me rappelait quand je regardais Ziegfried au travail. Mais Ziegfried était un maître et moi je n'étais qu'un apprenti.

Omar a fini par s'ennuyer et il a essayé de me faire sortir pour me montrer la montagne, que j'aurais bien aimé voir. Mais je pensais à Algue, assis tout seul à côté du sous-marin et cette vision m'a poussé à travailler sans arrêt. Malheureusement, Omar a apporté la flûte de son papa dans la remise. J'aurais aimé qu'il ne l'apporte pas parce qu'il ne savait pas en jouer. Il soufflait dedans et faisait ainsi des sons bizarres et dérangeants, mais il ne semblait jamais s'en lasser. Six ou sept fois, j'ai ouvert la bouche pour lui demander d'arrêter, mais je ne pouvais pas prononcer les mots. Je ne voulais pas l'insulter. Peut-être que c'était très important pour lui. Je n'en savais rien. Je pensais tout simplement qu'il aurait dû se concentrer sur la plongée ; il était très bon à ça.

C'était le soir quand j'ai finalement versé de l'huile propre, d'un vert cristallin, dans le vieux moteur. Je l'ai rempli au maximum, puis je l'ai laissé se reposer. J'avais nettoyé les filtres avec du diesel, et puis je les ai laissés sécher. J'avais remplacé la ligne pour le carburant parce que l'ancienne ressemblait à un boyau d'arrosage bon marché que quelqu'un aurait laissé dehors pendant vingt ans. J'ai coupé un morceau d'un boyau plus long que j'avais apporté, je l'ai mis en place et je l'ai attaché solidement. J'ai commencé à pomper du carburant du réservoir. J'ai tourné la roue et j'ai appuyé sur l'interrupteur. Il y a eu un son d'aspirateur quand le boyau s'est bloqué. « Rrrrrrrrrr… » puis le moteur est mort. Rien.

Alors, j'ai commencé toute une série de tests dont Ziegfried aurait été fier. J'ai repassé à travers chaque section qui aurait pu empêcher le carburant d'arriver à destination. Je ne pouvais rien trouver. J'ai essayé de nouveau de le mettre en marche. Encore le même son, puis plus rien. Le papa et l'oncle d'Omar sont entrés dans la remise, ont regardé par-dessus mon épaule et ont fait un signe respectueux de la tête. Le soir est devenu la nuit et ils m'ont demandé si je voulais retourner à la tente pour dormir. Je les ai remerciés et j'ai fait non de la tête. Je n'aurais pas pu dormir de toute façon. Ils m'ont apporté du thé, m'ont laissé, et puis, peu après, j'ai entendu leur musique.

J'ai tout vérifié sur ma liste de contrôle encore et encore, mais sans succès. C'était décourageant. Comme j'aurais voulu appeler Ziegfried. Il saurait tout de suite ce qui ne fonctionnait pas. J'étais fatigué. Il était tard. Ça me dérangeait d'avoir laissé Algue seul pendant si longtemps.

Dans ma frustration, j'ai tiré sur la ligne pour le carburant. Était-ce possible qu'il y ait un trou dedans et qu'il se remplissait d'air, ce qui empêchait le diesel de passer ? C'était juste une hypothèse. J'ai détaché le boyau. Je l'ai drainé et puis je l'ai inspecté. Non, il était solide. Je me suis assis. Je ne pouvais pas réparer ce moteur. Ils m'avaient amené dans le désert pour rien.

J'ai dû remonter le moteur, puis sortir pour leur expliquer ce qui se passait. Ce n'était pas un bon sentiment. En rattachant la ligne pour le carburant, je me rappelais aussi comment Ziegfried avait saboté quelque chose plusieurs fois de plusieurs façons différentes pour créer un faux problème avec le sous-marin. Le sous-marin ne fonctionnerait pas jusqu'à ce que je trouve le problème et que je le répare. Ça avait été une façon très frustrante d'apprendre, c'est sûr, mais ça m'avait aussi appris des leçons importantes, en particulier, de toujours être persistant. J'ai décidé de regarder une dernière fois le système d'injection de carburant avant d'aller dire aux hommes que je ne pouvais pas réparer leur moteur.

Entre la pompe d'injection et le moteur, il y avait la ligne d'injection de carburant, mais elle était en métal et pas en caoutchouc. Il n'y avait pas de trous dedans et il n'y avait pas de fuites non plus. Tout le système était très simple, ce qui expliquait sans doute pourquoi il avait duré si longtemps.

Au bout de la ligne d'injection, il y avait un embout. J'ai été surpris de pouvoir l'enlever cette fois-ci. Le trou dans l'embout par lequel le carburant était supposé passer était presque complètement bloqué! De la même façon qu'une palourde peut, pendant plusieurs années, fabriquer son coquillage, transformant du sable grossier en un émail lisse, la poudre fine du désert sur une période de plusieurs années avait refermé le trou dans l'ouverture de l'embout jusqu'à temps qu'il soit presque complètement bloqué. Le carburant ne pouvait plus passer !

J'ai cherché mes limes, j'ai pris la plus petite et j'ai gratté le haut de l'ouverture, jusqu'à ce que la lime puisse y passer sans problème, puis j'ai limé le trou dans l'ouverture avec prudence pour lui redonner sa taille originale. J'ai soufflé pour enlever la poudre, j'ai essuyé l'embout avec ma chemise et j'ai rattaché la ligne. J'ai pompé du carburant dans la ligne, j'ai tourné la roue et j'ai appuyé sur l'interrupteur. « Rrrrrrrrr… rrrrrrrrrr… Rrrrrrrrrrrrrrrrrr ! »

Le moteur à diesel s'est ranimé. Ça fonctionnait ! J'étais si content ! Le moteur sur le bateau de pêche de mon grand-père faisait peut-être un bruit plus harmonieux, mais le moteur de la pompe fonctionnait. Les hommes sont arrivés dans la remise en courant. Ils criaient, offraient des bénédictions et me faisaient des câlins. J'ai poussé un gros soupir. Dans mon cœur, je remerciais Ziegfried.

On s'est préparés à partir le lendemain matin. Ça a pris exactement le même temps pour retourner au vieux cargo. Les chameaux sont si lents et réguliers qu'on peut prévoir avec précision combien de temps prendra un voyage, ce qui est important quand on traverse le désert. Quand, finalement, les chameaux sont arrivés à la plage, j'ai sauté du dos de mon chameau, j'ai couru à l'eau et je me suis jeté dedans. J'ai vite regagné le vieux cargo à la nage et j'ai trouvé mon premier lieutenant loyal qui protégeait le sous-marin comme seule une mouette pouvait le faire.

C'était une scène triste : une mouette solitaire perchée sur la carapace rouillée d'un vieux cargo. Quand il m'a vu, il a poussé un cri perçant. Je savais qu'il était heureux de me voir, même si je ne savais pas si son cri était une salutation ou bien une plainte. De toute façon, je l'ai nourri et il l'avait bien mérité. Personne n'avait volé ni vandalisé le sous-marin en notre absence.

J'étais content d'être au bord de la mer. Le désert était fascinant, c'est sûr, mais ce n'était pas le bon endroit pour un sous-marinier. Omar voulait me donner un chameau en guise de remerciement. Quel honneur ! Mais ce n'était pas mon premier choix comme membre de mon équipage. Je lui ai suggéré des oranges et des dattes puisqu'ils n'allaient pas me laisser partir les mains vides. C'était finalement un cadeau idéal car les fruits ont rempli le sous-marin de fraîcheur et de douceur.

Après m'avoir fait leurs adieux, les chameaux poilus et leurs maîtres sont retournés à la chaleur écrasante du désert. Je les ai vus quitter la plage et disparaître dans l'immensité du désert sans même avoir posé pied dans la mer. Cela me paraissait bizarre, qu'ils ne veuillent pas se rafraîchir dans la mer après avoir subi la chaleur et la sécheresse du désert. Apparemment non.

J'ai réussi à convaincre Omar de venir jusqu'à Djerba avec moi, où on a passé la semaine à pêcher des éponges, à tirer nos fusils à plombs et à cuisiner sur un feu de camp. On s'est bien amusés. Mais ma quête pour l'île perdue d'Atlantide m'appelait. Alors, avec une promesse de revenir le voir sur le chemin du retour, j'ai embrassé mon nouvel ami, et on s'est dit au revoir pour le moment. Il m'a laissé pour aller vendre ses éponges et rendre visite à sa famille. J'ai réuni mon équipage et on a quitté la côte africaine en direction de la Grèce.

Chapitre vingt-quatre

ILS AVAIENT UN drapeau blanc. En voyant le bateau, j'ai pensé à ce que m'avait dit Régis. Mais sûrement tous les bateaux arborant un pavillon blanc n'étaient pas des pirates ? Et pourtant, j'avais un mauvais pressentiment sur celui-ci.

Il s'agissait d'un voilier en bois de 10 mètres de longueur, qui remorquait un petit bateau pneumatique avec un moteur hors-bord. J'ai suivi les conseils de Régis et j'ai bien regardé le bateau avec mes jumelles pour voir s'il y avait des signes de dommages. Il n'y en avait pas. Il n'y avait pas eu de tempête. La Méditerranée avait été comme un lac depuis que j'y étais entré.

Je les avais détectés sur mon radar en premier et maintenant je les observais depuis un kilomètre. Je doutais qu'ils nous aient vus. Je suis descendu au niveau du périscope et je me suis rapproché avec le moteur. À environ 250 mètres, j'avais une bonne vue du bateau à travers le périscope. Un homme est sorti de la cabine et a regardé quelque chose dans une boîte. Il n'avait pas l'air en détresse. Il avait l'air un peu rude. Régis aussi avait l'air un peu rude, mais il n'était certainement pas un pirate.

Et puis un autre homme est sorti. Il donnait la même impression que l'autre. Ni l'un ni l'autre n'avait l'air d'être en difficulté. Je me suis demandé alors pourquoi ils avaient signalé qu'ils étaient en détresse. Personne n'écopait d'eau du bateau. Il y avait assez de vent pour gonfler leurs voiles. Sûrement, si quelqu'un à bord était blessé ou malade, ces deux hommes pourraient partir chercher de l'aide.

Ils avaient aussi le bateau pneumatique avec un moteur hors-bord. À moins que le moteur ait manqué d'essence. Hmmm. Il y avait quelque chose qui clochait. Et puis j'ai vu quelque chose qui m'a dérangé. Un des hommes a frappé l'autre. Et l'autre homme n'a pas réagi. Il avait peur. Maintenant, je savais qu'il y avait vraiment quelque chose qui n'allait pas.

L'homme en colère a commencé à crier sur l'homme timide et un troisième homme est sorti de la cabine et il était encore plus fâché que le deuxième. Maintenant, il y avait trois hommes sur le pont du voilier et aucun des trois ne ressemblait vraiment à un marin. J'ai décidé de ne pas leur venir en aide, ce qui n'était pas chose facile. En mer, on aimerait croire que si on était vraiment en détresse n'importe qui s'arrêterait pour nous porter secours. Mais mon pressentiment me disait qu'il y avait quelque chose qui n'allait pas et j'allais me fier à ce pressentiment.

Alors, j'ai quitté les lieux et je suis remonté à la surface plus loin. Régis m'avait aussi conseillé de contacter les autorités locales si je pensais qu'il y avait des pirates dans les environs. Mais je ne savais pas bien qui appeler. On était maintenant dans la mer de Crète, dans les eaux grecques, mais on n'était pas dans la zone des 20 kilomètres d'une île. J'ai décidé d'appeler Ziegfried et de lui demander conseil.

Ziegfried ne répondait pas. Je me suis rendu compte qu'il était probablement déjà en route pour l'Europe. Je me suis préparé une tasse de thé et j'ai réfléchi. Je devrais probablement essayer de contacter les autorités en Crète. Je pourrais m'identifier comme un marin canadien, sans mentionner le sous-marin et décrire tout le reste comme je l'avais vu.

J'étais sur le point de faire l'appel quand j'ai entendu un bip sur le radar. Un autre vaisseau s'approchait du voilier en détresse de l'autre direction. On était maintenant à une distance de 7 kilomètres. Le voilier qui s'approchait de l'autre côté était à un peu moins de 10 kilomètres. Peut-être que le voilier en détresse avait contacté les autorités après tout. Peut-être que je m'étais trompé. Mais, une autre idée m'est vite venue à l'esprit… et si l'autre voilier qui arrivait était innocent, leur venait en aide, les pirates allaient les attaquer et les tuer sauvagement ? Oh, mon Dieu !

Le voilier qui arrivait n'était pas très rapide. Ce n'était sûrement pas les autorités. Ça devait être un voilier de plaisance. Je devais retourner leur porter secours.

Le voilier s'est dirigé en ligne droite vers le bateau en détresse. Ils devaient utiliser le radar eux aussi. Je suis arrivé submergé pour qu'on ne puisse pas voir que j'étais là, puis je suis remonté au niveau du périscope. Le voilier est apparu. Il avait un drapeau suédois, bleu avec une croix jaune. Il avait environ la même taille que l'autre bateau et il y avait deux personnes sur le pont : un monsieur et une dame âgés.

Ils se sont rapprochés. L'homme, à la proue, essayait de mieux voir ce qui se passait sur le bateau en détresse. Soudain, il a crié à la femme au gouvernail et elle a tourné le voilier très vite. Il avait vu quelque chose qu'il n'aimait pas. Les trois hommes sont sortis de la cabine et deux d'entre eux ont sauté dans le bateau pneumatique, avec des mitraillettes ! Ils allaient poursuivre l'autre voilier, qui essayait maintenant de s'échapper !

Le bateau pneumatique n'allait pas très vite, mais il lui faudrait peu de temps pour rattraper le voilier qui essayait de s'échapper. Je suis remonté à la surface pour que le kiosque soit à une trentaine de centimètres au-dessus de la surface et j'ai accéléré pour poursuivre le bateau pneumatique. Je ne savais pas quoi faire, mais il fallait que je fasse quelque chose.

Alors, j'ai eu une idée. Je suis entré dans le sous-marin pour prendre mon fusil à plombs et le dernier paquet de plombs. Les hommes dans le bateau pneumatique étaient tellement concentrés sur le voilier que j'espérais qu'ils ne me verraient pas les poursuivre. Tout ce qu'ils auraient vu de toute façon était ma tête qui sortait du kiosque et les vagues causées par le mouvement du sous-marin. Ce que j'espérais faire c'était de tirer tous les plombs dans leur bateau pneumatique pour le faire couler.

Aussitôt que j'ai été proche du bateau pneumatique, j'ai commencé à tirer. Ils ne pouvaient pas entendre mes tirs et ils ne se sont jamais retournés. Par contre je ne pouvais pas vraiment savoir si je frappais le bateau pneumatique ou non. Je visais aussi juste que je pouvais, j'appuyais sur la gâchette et j'espérais que ça fonctionnait. Si jamais ils s'étaient retournés, j'aurais tout simplement fermé la trappe très vite et j'aurais plongé. Mais ils ne se sont jamais retournés.

Quand j'ai eu fini de tirer tous les plombs, j'ai plongé au niveau du périscope et j'ai continué à les poursuivre. Le bateau pneumatique avait presque rattrapé le voilier. Je voyais les hommes avec leurs mitraillettes qui riaient pendant que le couple terrifié essayait de s'échapper à la voile, et puis… le bateau pneumatique a commencé à ralentir. Il se dégonflait ! Il allait couler !

Dans quelques minutes, on serait presqu'à côté du bateau pneumatique, à quelques douzaines de mètres, mais les pirates étaient en état de panique. Ils essayaient de comprendre pourquoi ils coulaient. Ils n'ont même pas remarqué le périscope. J'ai vu le couple dans le voilier prendre deux bouées de sauvetage. Ils pensaient à quelque chose que moi je n'avais même pas considéré : peut-être que les pirates ne savaient pas nager.

Eh bien, un pirate savait nager mais pas l'autre. Un des deux hommes a commencé à nager vers leur voilier, qui accélérait tranquillement pour les rattraper. L'homme avait abandonné son partenaire à son sort. Le couple suédois a réussi à lui lancer une bouée de sauvetage et aussitôt qu'il l'a prise, ils ont laissé aller la corde. Ils ont prudemment décidé de ne pas le tirer jusqu'à leur voilier.

Le pirate qui nageait pour regagner son voilier a essayé désespérément de garder sa mitraillette. Il nageait avec un bras et tenait la mitraillette au-dessus de l'eau avec l'autre. Mais il s'est vite épuisé et la mitraillette est tombée dans l'eau. Ensuite, il l'a mise autour de son cou et a essayé de nager avec deux bras. Finalement, il l'a laissée couler.

L'autre pirate était agrippé à la bouée de sauvetage avec un air de panique. J'espérais qu'il pourrait la tenir. Je ne voulais pas qu'il se noie, mais je ne voulais pas l'aider non plus. J'ai décidé de rester sur les lieux jusqu'à temps que les autres pirates le sauvent. L'autre voilier est parti. En quittant les lieux, ils m'ont salué dans le périscope ! Ils m'avaient vu !

Quand les deux pirates ont secouru leur ami, il a immédiatement indiqué le périscope du doigt. Il nous avait repérés lui aussi ! Les deux autres ont saisi d'autres mitraillettes et ont commencé à nous tirer dessus ! J'ai appuyé sur l'interrupteur pour plonger, mais pas avant d'entendre le bruit des balles sur la coque du sous-marin. Je n'avais pas peur. Je savais que les balles perdraient leur force en touchant l'eau. Depuis l'intérieur du sous-marin, le son des balles était comme des coups sur un tambour d'enfant. Cependant, c'était déconcertant de se faire tirer dessus. Ça m'a enragé. J'étais fâché que ces pirates transforment la mer en un lieu si dangereux. Je n'allais pas les laisser s'en tirer si facilement.

Chapitre vingt-cinq

ON LES A POURSUIVIS pendant toute la journée. Ils semblaient se diriger vers le nord de l'Afrique, peut-être vers la Libye. C'étaient vraiment des marins exécrables. Ils ne semblaient pas pouvoir attraper le vent comme il faut dans leur voile et, quand ça s'est produit par hasard, ils ont presque fait chavirer leur voilier. Après un certain temps, ils ont abandonné la partie, ont baissé leur voile et ont continué au moteur le reste du chemin. Mais on ne peut pas voyager au moteur indéfiniment dans un vieux voilier sans manquer de carburant. Et c'est ce qui s'est passé.

J'aurais préféré de loin chercher l'île perdue d'Atlantide et, pourtant, je ne pouvais pas les laisser s'échapper. Le couple suédois devait avoir appelé les autorités. Quelqu'un qui avait répondu à un appel de détresse avait aussi sans doute appelé les autorités. Cependant, les pirates avaient depuis longtemps quitté cette position. J'ai donc décidé de signaler leurs coordonnées actuelles.

J'ai contacté la garde côtière en Crète. Ils m'ont trouvé quelqu'un dans leur bureau qui parlait anglais.

« Identifiez votre vaisseau et votre nationalité, s'il vous plaît… »

« Je suis un marin canadien. »

« Identifiez votre vaisseau, s'il vous plaît. »

« Euh… c'est un voilier. »

« S'il vous plaît, donnez-moi le numéro d'enregistrement de votre vaisseau. »

« Ce n'est pas important. Ce qui est important c'est qu'il y a un groupe de pirates pas loin qui attend pour essayer de piéger quelqu'un d'autre. »

« S'il vous plaît, donnez-moi le numéro d'enregistrement de votre vaisseau. »

Zut !

« Je n'en ai pas. Est-ce que je peux tout simplement vous donner la position des pirates, s'il vous plaît ? »

Il y a eu une pause prolongée.

« Donnez-moi les coordonnées, s'il vous plaît. »

Je lui ai donné les coordonnées et je voulais raccrocher, mais il n'allait pas me laisser aller si facilement.

« Il est illégal de voyager en Grèce sans un numéro

d'enregistrement de vaisseau international. S'il vous plaît, veuillez… »

J'ai raccroché. Je me demandais ce qu'ils auraient dit si je leur avait expliqué que mon vaisseau était un sous-marin.

Et donc, j'ai attendu. Je n'avais pas dormi depuis deux jours. L'équipage, lui, dormait bien sûr quand il voulait. J'avais vraiment très sommeil, surtout qu'on restait sur place à ne rien faire. Puis, le vent s'est levé et les pirates ont décidé d'essayer de lever la voile de nouveau. Je les ai surveillés depuis le périscope à une distance de quelques centaines de mètres. J'aurais voulu que la garde côtière grecque se dépêche. Je m'endormais.

Le vent venait du sud et prenait de plus en plus de force. J'ai vu un nuage orange à l'horizon et je savais ce que cela signifiait. Je me demandais si les pirates savaient ce que cela représentait. Je me demandais s'ils en savaient assez pour baisser leur voile.

Et bien non.

Ils semblaient heureux que le vent soulève leur voile si facilement. Pendant un bout de temps, ils ont même réussi à naviguer dans le vent comme il faut. Mais le nuage orange n'avait pas encore atteint sa pleine force. Quand le nuage a atteint sa pleine force, c'était comme un géant qui écrasait un brin d'herbe. Le voilier a chaviré et les pirates sont tombés à l'eau. Je suis monté à la surface, j'ai démarré le moteur et je me suis rapproché pour voir ce qui se passait, mais j'ai gardé la trappe fermée. J'avais peur qu'Algue veuille sortir. Je savais qu'au moins un des pirates ne savait pas nager et je n'étais pas convaincu que les autres l'aideraient. Le problème était que je ne pouvais pas voir à travers le nuage et je craignais que, quand je serais assez proche pour y voir clair, un ou plusieurs des pirates se soient déjà noyés.

Quand finalement on est arrivés assez proche, j'ai aperçu trois hommes qui s'agrippaient au voilier chaviré. Ils ont vu le sous-marin et ont commencé à me faire signe de la main. Quelle situation saugrenue ! Normalement, je me serais précipité à leur secours. Mais je savais qui ils étaient et pourquoi on se trouvait tous dans la situation actuelle. C'étaient des voleurs et probablement des meurtriers aussi. Si je les sauvais, ils essayeraient certainement de voler mon sous-marin et peut-être même de me tuer et de tuer Hollie et Algue aussi. Pas question de prendre ce risque.

Le vent faisait rage. Je ne savais pas combien de temps ils pourraient tenir ou même si leur bateau resterait à la surface. Que ferais-je si leur bateau commençait à couler ? Est-ce que je laisserais trois hommes se noyer ? J'essayais de me préparer psychologiquement à cette possibilité, mais je ne pouvais pas le faire. Il devait y avoir un moyen de les sauver sans nous mettre en péril. Il suffisait juste de le trouver.

Finalement, j'ai formulé un plan. Ce n'était pas le meilleur plan, peut-être, mais c'était mieux que rien. En premier, j'ai encouragé Algue à regarder par la trappe pour le laisser voir la tempête de sable. Il s'est immédiatement retiré au hublot d'observation et s'y est installé confortablement. J'étais convaincu qu'il resterait là.

Puis j'ai sorti le bateau pneumatique et beaucoup de corde. J'ai gonflé le bateau pneumatique et j'ai attaché plusieurs longueurs de corde de trois mètres à ses poignées pour que les pirates puissent s'y attacher. Ensuite, j'ai attaché une longueur de corde de 30 mètres entre le bateau pneumatique et le kiosque. Je me suis dirigé devant le voilier chaviré, face au vent, et j'ai lâché le bateau pneumatique.

Un des pirates l'a saisi et est monté à bord, puis il a aidé les autres. Je me suis plaqué contre le kiosque et j'ai attendu qu'ils s'attachent. J'étais assez sûr qu'un des pirates ferait semblant de s'y attacher et je devinais pourquoi. Il allait ramper le long de la corde jusqu'au sous-marin quand je ne regarderais pas.

J'ai démarré le moteur et j'ai accéléré dans le vent. Ça m'a surpris que les pirates, si peu fiables, soient si vite prêts à me faire confiance. Je suppose qu'ils n'avaient pas vraiment le choix.

On faisait cap sur l'Afrique. Je n'avais aucune intention de mettre pied à terre, seulement de m'approcher de la côte et puis de couper la corde du bateau pneumatique pour les laisser aller à la dérive. Je leur jetterais des pagaies avant de les abandonner. On entrerait alors dans la zone des 20 kilomètres. Serait-ce en Libye ou en Égypte ? Je n'en étais pas sûr.

Je suis rentré dans le sous-marin et j'ai fermé la trappe sans la barrer. Comme je l'avais prévu, un des pirates avait commencé à grimper le long de la corde presque immédiatement. Il ne semblait pas se rendre compte que je pouvais le voir depuis le périscope. On allait probablement à une vitesse de 15 nœuds et le vent soufflait probablement à 160 kilomètres à l'heure. C'était beaucoup pour quelqu'un qui se hissait le long d'une corde… en haute mer !

Je l'ai regardé pendant un bout de temps parce que sa mission était impossible et pourtant il était si déterminé. C'était très drôle. Après environ dix minutes, il avait rampé presqu'au milieu de la corde. Mais je voyais bien qu'il était exténué. J'ai ouvert la trappe. J'ai attaché mon harnais. Je suis monté sur la poupe du sous-marin et j'ai tiré sur la corde. Je l'ai soulevée et puis je lui ai donné une secousse. Une vague d'énergie a traversé la corde et l'a frappée comme un fouet, mais il a réussi à la tenir.

Après trois autres secousses sur la corde, le pirate s'est retourné vers ses compagnons et a essayé de les convaincre de se joindre à lui, mais ils ne voulaient pas. J'ai secoué la corde encore trois fois très vite, il a perdu prise et a dérivé vers le bateau pneumatique. En entrant dans le petit bateau, il a essayé de gifler un des autres hommes, mais il a manqué son coup et a glissé. Je n'ai pas pu m'empêcher de rire. Je savais que ces hommes étaient dangereux sur la terre… mais en mer, ils n'avaient pas la moindre idée de ce qu'ils faisaient.

En l'espace de quelques heures, le vent avait disparu et il faisait noir. Le ciel était de nouveau dégagé et clair et les étoiles étincelaient. J'ai remarqué les lumières lointaines de la côte avant de détecter quoi que ce soit sur le radar. On venait d'entrer dans la zone des 20 kilomètres. Je n'étais toujours pas sûr si c'était l'Égypte ou bien la Libye. De toute façon, on ne resterait pas là.

À sept kilomètres de la côte, j'ai tiré une fusée de détresse longue, une courte, puis une autre longue. Puis, j'ai attendu. Quinze minutes plus tard, le radar a révélé deux vaisseaux qui quittaient la côte et se dirigeaient vers nous. J'ai défait la corde. Ça me faisait de la peine de perdre autant de corde et le bateau pneumatique, mais je ne voyais pas d'autre solution. On pourrait acheter d'autre corde et un nouveau bateau pneumatique en Crète. Une fois que j'ai vu approcher les lumières des vaisseaux, j'ai fermé la trappe, j'ai plongé à 60 mètres et on a disparu. J'aurais aimé prévenir les autorités locales de ce qui les attendait dans le bateau pneumatique, mais je ne pouvais pas risquer de perdre le sous-marin.

Ils le découvriraient bien assez vite.

Chapitre vingt-six

C'ÉTAIT COMME SI quelqu'un avait fait un énorme feu d'artifice sous l'île de Santorin en 1500 avant Jésus-Christ et l'avait fait exploser. Le feu d'artifice était un volcan et il était toujours actif.

La dernière éruption avait été enregistrée en 1956, mais il y avait toujours des gaz qui s'échappaient de la terre, ce qui produisait d'incroyables couchers de soleil pour les touristes. Et Dieu sait que Santorin attirait beaucoup de touristes ! On saurait quand une autre éruption serait sur le point de se produire lorsque l'eau deviendrait trouble et obscure.

À la nuit tombée, on est arrivés à l'île, naviguant à la surface sans lumières ni drapeaux. Je voulais faire une mission de reconnaissance avant de trouver un endroit où dormir. Autrefois, Santorin était une petite île avec une montagne en son centre, comme un petit gâteau. Maintenant, il s'agissait plutôt d'un beignet avec quelques morsures dedans et on pouvait naviguer à l'intérieur du périmètre de l'île et autour des plus petits morceaux qui sortaient de l'eau par-ci, par-là.

C'était très rocheux, mais pas comme toutes les autres îles que j'avais vues. Le sable était noir ! La roche était volcanique, avec des cendres empilées en couches successives qui semblaient prêtes à s'écrouler d'un moment à l'autre. Par-dessus tout ça, ils avaient construit des villages avec de belles maisons toutes blanches, et des églises blanches aux toits bleu vif. La nuit, tout s'illuminait comme des chandelles. C'était vraiment beau.

Il n'y avait ni arbres, ni gazon, ni buissons nulle part, simplement des falaises rocheuses escarpées, avec des villages accrochés comme des nids d'oiseau. La baie était pleine de yachts et de voiliers, mais aucun n'était ancré ; l'eau était trop profonde. Ils étaient amarrés à des bouées qui étaient connectées par des chaînes. Le volcan avait explosé sous l'eau aussi pour former un grand trou, jusqu'à une profondeur de 460 mètres ! Est-ce que l'île perdue d'Atlantide se trouvait dans ce trou profond ?

On a navigué tranquillement entre les ombres et les corridors sombres de l'île, entre les falaises et les bateaux amarrés, jusqu'à ce que je trouve mes repères, puis je suis descendu à 60 mètres et j'ai étudié l'écran du sonar. Le terrain était encore plus étrange sous la mer. Je pouvais seulement y faire rebondir des ondes sonores ; je ne pouvais pas m'approcher assez pour le voir.

Autour du périmètre de l'île, le fond marin était seulement à 30 mètres à certains endroits. On a glissé par-dessus dans la noirceur et le sonar nous a révélé des structures très étranges. Je voulais allumer nos projecteurs pour y voir plus clair, mais j'avais peur que quelqu'un voie les lumières depuis les falaises ou bien d'un bateau. Il fallait tout simplement attendre et explorer de jour.

En attendant, il fallait dormir. Avant le lever du soleil, je suis allé jusqu'à la rive la plus éloignée des minuscules îles isolées. Je suis descendu à 60 mètres et je me suis endormi. J'étais pas mal sûr que c'était inhabité parce que ce n'était qu'un rocher.

Tard dans l'après-midi, on est remontés à la surface. J'ai ouvert la trappe et je suis sorti avec Hollie. Debout sur le rivage de cette petite île, les mains sur les hanches comme si elle attendait depuis 20 ans de quitter cette île, il y avait la femme la plus surprise et furieuse que j'aie jamais vue.

« Qui… qu'est-ce… où… comment as-tu… ? Qui es-tu ? Et que fais-tu ici exactement ? »

Elle était vraiment en colère. Comme un volcan !

Son nom était Pénélope Sargeant. Elle était professeure d'archéologie à l'Université de Chicago. Elle passait beaucoup de temps sur l'île de Santorin, a-t-elle dit, parce que sa spécialité était l'île perdue d'Atlantide. Elle avait écrit un livre à ce sujet. Je l'avais lu.

« Tu n'as pas le droit d'être sous l'eau, de faire ce que tu fais ! Tu ne sais pas que tu n'es pas supposé… qu'il est interdit de… comment es-tu arrivé ici de toute façon… comment… tu… tu devrais te tirer d'ici tout de suite avant que j'appelle la police. »

Puis Algue est descendu du ciel et a atterri sur la trappe à côté de moi, le bec ouvert, réclamant son petit-déjeuner.

« Une minute », lui ai-je dit. Je suis entré dans le sous-marin. Quand je suis ressorti, j'ai lancé des biscuits pour chiens à Algue. Pénélope était toujours là, bouche bée. Il n'y avait personne d'autre sur cette petite île.

« Est-ce que tu… viens de donner à manger à une mouette ? »

« Oui. »

« Attends… est-ce que c'est un sous-marin ? »

« Oui. »

Pénélope s'est assise et a commencé à se frotter le front. Je me demandais si elle avait passé trop de temps au soleil. Elle avait l'air si frustrée et malheureuse.

« Jeune homme, quel est ton nom ? »

« Alfred. »

« D'où viens-tu ? »

« De Terre-Neuve. »

Elle m'a regardé de derrière ses mains.

« Tu viens de Terre-Neuve ? »

« Oui. »

« Comment es-tu arrivé ici ? »

« En sous-marin. »

« Oh mon Dieu… mais c'est incroyable. C'est… qui est le "on" ? »

« Algue, c'est la mouette, et Hollie, mon chien. »

Je lui ai montré Hollie.

« C'est mon équipage. »

« Une mouette et un chien ? »

« Oui. »

Elle a commencé à rire.

« Je dois devenir folle ! »

Peut-être. Moi, ça m'était égal. Si elle allait nous rapporter aux autorités, on quitterait l'île, c'est tout. Mais en premier, j'avais promis à Hollie une promenade et il allait la faire, que ça plaise ou non à Pénélope. J'ai amarré le sous-marin au rocher et on a sauté sur la terre ferme. Il n'y avait pas beaucoup de plage, mais il pouvait au moins courir sur le rocher. Pénélope est restée assise immobile à nous regarder pendant un bout de temps. Puis elle s'est levée pour nous suivre.

« Tu ne te rends pas compte qu'il est interdit de plonger dans les eaux grecques, qui sont toutes des zones archéologiques très sensibles ? »

« Oui, mais je ne plonge pas, je voyage dans mon sous-marin. »

« Mais c'est un sous-marin. »

« Et alors ? »

« Alors, tu es sous la surface de l'eau. »

« Et alors ? »

Elle a respiré profondément, mais ne m'a pas répondu.

Hollie a trouvé un bâton et me l'a apporté. J'ai fait semblant de le cacher puis je l'ai jeté pour lui.

« Écoute, Alfred. J'ai passé toute ma vie à étudier et à chercher l'île perdue d'Atlantide. Ce sont des endroits délicats d'une grande importance historique. Tu ne peux pas juste arriver ici comme un chasseur de trésors et déranger ces sites. »

« Je ne suis pas un chasseur de trésors et je ne dérange pas les sites. »

« Alors tu es quoi au juste ? »

« Je suis explorateur. »

« Ah bon. »

Elle est restée silencieuse pendant quelque temps. Je voyais qu'elle réfléchissait profondément à quelque chose.

« Et tu explores quoi, Alfred ? »

« Beaucoup de choses. J'aime explorer tout simplement. Pour le moment, je cherche l'île perdue d'Atlantide, comme vous. »

« Alors, toi aussi tu cherches l'île perdue d'Atlantide ? Tu ne peux pas tout simplement sauter dans l'eau et aller chercher Atlantide. Tu dois l'étudier. C'est très, très compliqué. Il y a des siècles d'informations à lire et à apprendre. Il y a des théories, des preuves scientifiques et des sites archéologiques à examiner. »

« Je sais. »

« Qu'est-ce que tu veux dire, tu sais ? Quel âge as-tu ? »

« J'ai 15 ans. »

« Tu as 15 ans. Et tu as traversé le monde en sous-marin ? »

« J'ai étudié aussi. »

« Ah, vraiment ? Tu as étudié ? À quelle université ? »

Pénélope commençait à me taper sur les nerfs.

« Eh bien ? Réponds-moi. Quelles études as-tu faites ? »

J'avais le goût de lui dire que j'avais lu son livre, mais qu'il n'était pas très bon.

« Je suis explorateur, pas archéologue. »

Je voulais aussi lui signaler qu'on était arrivés au même endroit pour chercher l'île perdue d'Atlantide, mais ça devait être assez évident pour elle.

« Écoute, Alfred. Juste en passant par ici sous l'eau en sous-marin, tu as peut-être dérangé l'équilibre délicat du fond marin. Il y a une grosse pile de maisons délabrées, de poteries et de statues submergées juste au large de la côte dans les eaux peu profondes. »

« En fait, ce sont des rangées. »

« Non, c'est une grosse pile. »

« Il n'y a pas juste une grosse pile, c'est plutôt une série de petites rangées, comme des vagues. »

« Excuse-moi, mais mes textes disent clairement que les eaux peu profondes au large de Santorin renferment une grosse pile de débris anciens, pas des rangées de débris ! Je sais de quoi je parle ! »

Je l'ai dévisagée. Elle avait probablement 50 ans. Elle paraissait vieille et jeune en même temps. Elle était svelte, avec de longs cheveux brun foncé qui avaient des rayures grises. Elle était très bronzée avec beaucoup de petites rides. En fait, elle avait un visage gentil, mais elle avait l'air épuisée, comme si les années de recherche pour trouver Atlantide avaient pris toute son énergie. Et maintenant, elle me disputait pour quelque chose que je venais juste de voir et qu'elle avait seulement lu dans un livre. Ça me semblait ridicule.

« D'accord. »

« Tu vois ? C'est une grosse pile, n'est-ce pas ? »

« Oui. »

« Bon. »

Elle pouvait croire ce qu'elle voulait. Après que Hollie a bien couru, on est retournés au sous-marin. Pénélope nous a regardés partir, mais elle avait l'air bouleversée. Elle semblait en proie à un conflit intérieur pénible. Elle semblait si seule sur cette île, juste elle et sa recherche. J'avais de la pitié pour elle.

« Bonne chance ! » lui ai-je crié, en descendant dans le sous-marin.

Elle m'a regardé sans répondre. Je me demandais même si elle allait se mettre à pleurer.

« Attends ! » m'a-t-elle crié.

J'ai sorti la tête du kiosque.

« Oui ? »

« Hmmm, tu es venu dans ce sous-marin depuis Terre-Neuve, n'est-ce pas ? »

« Oui, c'est ça. »

« Alors ton sous-marin est sécuritaire, n'est-ce pas ? »

« Oui, c'est vrai. »

Elle s'est approchée, en surveillant pour savoir si quelqu'un la regardait. Elle a respiré profondément deux ou trois fois et puis…

« Je ne suis vraiment pas supposée faire ça, mais penses-tu que je pourrais monter à bord de ton sous-marin ? »

Chapitre vingt-sept

ON EST DESCENDUS à 45 mètres et j'ai préparé du thé pour Pénélope. Elle s'est installée sur un coussin à côté du hublot d'observation. Hollie s'est assis à côté d'elle et l'a regardée d'un air mélancolique, mais elle ne s'intéressait pas trop à lui. On a longé la côte de l'île de Santorin, passant de 30 mètres à 100 mètres. Une fois sous l'eau, Pénélope semblait avoir complètement oublié la règle de ne pas plonger dans les îles grecques. Et c'était un peu comme amener ton professeur jouer. Elle avait des idées très précises sur ce qu'elle voulait faire.

« Va par ici, Alfred ! Va par ici ! Va par là-bas ! En haut ici ! En bas ici ! Arrête ici ! Retourne là-bas ! Retourne là-bas ! »

À un moment, elle a même essayé de prendre les contrôles, mais je l'ai bloquée.

« Tu ne devrais pas faire ça », lui ai-je dit « ce n'est pas aussi simple que ça paraît. »

Santorin paraissait sauvage au-dessus de l'eau, mais elle était encore plus étrange sous l'eau. Il y avait des trous profonds dans le fond marin, causés par des éruptions volcaniques. Les trous étaient entourés par des anneaux de terre parfaitement formés, comme des trous de fourmis géantes. Leurs centres disparaissaient je ne sais où.

À côté des anneaux de terre, il y avait des rangées de débris, comme de grosses vagues dans un dépotoir municipal. C'était fascinant, c'est sûr, mais ça ressemblait vraiment à un dépotoir. C'était peut-être un dépotoir de l'île perdue d'Atlantide, mais... c'était quand même un dépotoir. Je ne pouvais pas imaginer que quelqu'un allait déterrer tout ça pour le trier. Ça prendrait des centaines d'années ! Mais c'est exactement l'endroit qui intéressait le plus Pénélope.

« Oh, mon Dieu. Regarde ça ! Regarde ça ! Il y a une urne ! Arrête le sous-marin ! Alfred, arrête ! C'est une urne ! Attends ! C'est quoi ça ? Est-ce que c'est un bateau ? Alfred, est-ce que ça, c'est un bateau ? Il date de quelle époque, selon toi ? »

« Je ne sais pas. Il peut dater d'il y a 50 ans. Ou peut-être d'il y a 500 ans. On ne peut pas le savoir. »

« Hmmm... c'est quoi ça ? »

J'ai regardé dans le grand hublot d'observation.

« Ça semble être une grosse assiette. »

« En quoi est-ce que c'est, selon toi ? »

« Je ne sais pas. C'est difficile à dire. Quand les objets sont sur le fond marin pendant longtemps, ils sont souvent recouverts de boue marine et on ne peut même pas savoir s'il s'agit de métal ou de bois. »

« Je pense que c'est en métal. Regarde. »

J'ai regardé de nouveau. Ça ressemblait à la soucoupe en plastique que j'utilisais pour descendre les collines en hiver quand j'étais petit. Les yeux de Pénélope se sont agrandis.

« Ça ressemble à un bouclier. »

Je ne pensais pas que c'était un bouclier.

« Je pense que c'est un bouclier, Alfred. Oh mon Dieu ! »

« Hmm… Je ne pense pas… »

« As-tu une idée de l'importance que ça aurait ? »

« Oui, mais… »

« Oh, Alfred ! Peux-tu ramasser des objets avec ton sous-marin ? »

« Non. »

« Misère ! »

J'ai respiré profondément. Je ne savais pas si c'était une bonne idée ou non, mais…

« Mais je peux plonger le voir. C'est juste à 30 mètres. »

« Qu'est-ce que tu veux dire ? »

« Je veux dire que je peux faire de la plongée libre à 30 mètres. »

« Tu veux dire que tu sais nager à cette profondeur ? »

« Oui. »

« Mais c'est si profond. »

« Je sais, mais je peux. Sauf qu'on ne doit rien toucher. »

« Je sais. Je sais. Mais peut-être que tu pourrais nager le voir… voir ce bouclier. Peut-être que tu pourrais le retourner tout doucement. »

Je devais avouer que l'idée que ce soit un ancien bouclier était très passionnante. Cependant, si j'avais suivi mes propres instincts, je ne serais pas aller le toucher. Même si Pénélope était absolument convaincue que c'était une découverte importante. J'ai ramené le sous-marin à la surface, avec quelques centimètres du kiosque qui dépassaient de la surface de l'eau. Même comme ça, on risquait de se faire remarquer par quelqu'un depuis les falaises. Je suis sorti, j'ai fait mes exercices de respiration et j'ai plongé.

L'eau était transparente et belle. J'étais surpris à quel point c'était facile de me rendre à 30 mètres. J'avais beaucoup amélioré mes habiletés en plongeant avec Omar. J'ai trouvé l'objet rond et je l'ai retiré de la boue marine. C'était en métal, c'est sûr, mais très léger. Je ne pensais pas que c'était un bouclier. J'ai regardé le sous-marin, mais je ne pouvais pas voir Pénélope dans le hublot d'observation. De retour à la surface, elle a sorti la tête du kiosque.

« Pourquoi ne pas l'apporter dans le sous-marin, Alfred, pour qu'on puisse le regarder ? On le remettra après. »

Alors, je suis retourné dans la mer, l'ai ramassé et je l'ai apporté dans le sous-marin. Pénélope me l'a pris des mains pendant que je montais dans le sous-marin. Elle était très contente. Elle a essuyé la crasse marine de l'objet pour mieux le voir.

« Tu avais raison, Alfred. C'est une assiette. Mais, regarde, c'est en relief. Il y a des figures de guerriers qui se battent sur l'assiette. Regarde ! Il y a un taureau. Cela signifie que ça appartenait aux Minoens. Le taureau est le symbole de la civilisation minoenne. »

« D'après toi, ça date de quelle époque ? »

« Je ne sais pas. Si c'est en bronze, c'est très vieux. Mais ça semble trop léger pour être du bronze. C'est peut-être en cuivre. Oh, attends, il y a un poinçon. »

« Un poinçon ? Qu'est-ce que ça dit ? »

Pénélope a essayé de lire les mots.

« Attends. J'ai besoin de mes lunettes. »

Elle a retiré des lunettes démodées de la poche de sa chemise et a lu le poinçon, puis elle a éclaté de rire.

« Qu'est-ce qu'il y a ? »

« Ça dit : Fait en Chine. »

« Oh. »

« C'est probablement tombé d'un bateau de croisière. »

Pénélope m'a rendu l'assiette, voulant dire, je suppose, que je pouvais m'en débarrasser. Eh bien, je n'allais pas plonger jusqu'au fond et la replacer là où je l'avais trouvée. C'était sans valeur. Cependant, peut-être que dans mille ans ça aurait de la valeur et les gens seraient émerveillés que ça vienne d'aussi loin que la Chine. Je l'ai jetée dans la mer et l'ai regardée couler au fond. L'humeur de Pénélope a changé.

« Eh bien, ça c'était ridicule. Je me suis surprise à m'exciter pour rien. Il fera bientôt noir. Tu peux me ramener là où j'étais ? »

« Oui, pas de problème. »

Alors, elle est redescendue dans le sous-marin. Elle a repris sa place près du hublot d'observation. Quelques minutes plus tard, elle a vu quelque chose d'autre.

« Alfred ? »

« Oui ? »

« Peux-tu venir regarder quelque chose ? »

J'ai arrêté le sous-marin. Elle pointait quelque chose du doigt et elle avait l'air choquée. Je suis allé voir.

« C'est quoi, ça ? » a-t-elle demandé.

J'ai jeté un coup d'œil.

« Ça ressemble à un bras. »

« C'est vrai. C'est un bras, n'est-ce pas ? »

Elle m'a regardé comme un enfant qui avait vraiment envie de quelque chose.

« Penses-tu que tu pourrais plonger encore pour y jeter un coup d'œil ? »

J'ai regardé le bras qui sortait du fond marin. Il avait l'air un peu effrayant. Mais j'étais curieux moi aussi.

« Oui, je suppose. »

On est remontés à la surface et j'ai plongé. Il commençait à faire noir, alors j'ai apporté une lampe de poche étanche. En premier, je n'arrivais pas à trouver le bras, puis il était là et semblait essayer de m'attraper. Je l'ai touché. Ça semblait être de la pierre. Je l'ai dégagé. Il était connecté à une tête et à une partie d'un torse. J'ai essayé de le regarder comme il faut mais jai dû remonter à la surface pour reprendre mon souffle.

« Eh bien ? » a dit Pénélope.

« C'est un morceau de statue. »

« Est-ce que ça semble très vieux ? »

« Je pense que oui. »

« Oh mon Dieu ! »

« Je vais plonger de nouveau. »

Cette fois-ci, j'ai vu son visage. C'était une belle jeune femme. Elle était probablement en marbre ou quelque chose comme ça. Il y avait seulement le haut du corps et un bras. J'ai essayé de trouver d'autres morceaux de la statue, mais sans succès. Il fallait que je remonte à la surface.

« Eh bien, Alfred ? Qu'est-ce que tu as vu ? »

J'ai tout décrit.

« Peux-tu le remonter à la surface ? »

« Non, c'est bien trop lourd. Il faudrait le hisser avec une corde. »

Pénélope a regardé tout autour du sous-marin. « As-tu… de la corde ? »

Alors, je suis redescendu avec de la corde. Je l'ai attachée autour du torse brisé et je suis remonté à la surface. On l'a hissée très prudemment. Je l'ai montée et Pénélope a enroulé la corde autour du kiosque au cas où elle glisserait de mes mains. Même si ce n'était qu'une partie d'une statue, c'était très lourd. Une fois qu'on l'a rentrée dans le sous-marin, il faisait presque noir. Pénélope était extrêmement excitée. Elle a tapé des mains.

« Oh mon Dieu ! Oh mon Dieu ! Oh mon Dieu ! »

« Chut ! »

Je voulais qu'elle se taise au cas où des gens pouvaient nous entendre sur l'eau.

« Désolée ! C'est juste que je suis tellement excitée. Oh mon Dieu, c'est tellement vieux ! Je ne peux pas le croire ! »

On a sorti la statue de l'eau mais elle ne pouvait pas entrer dans le kiosque.

« Vite, Alfred ! On retourne à la petite île. Je dirai que je l'ai trouvée là. »

« Vraiment ? Mais cette île est juste un rocher. Comment est-ce que tu vas expliquer que tu l'as trouvée là ? »

« Il y a un endroit avec du sable d'un côté de l'île. Je vais dire que je l'ai trouvée là, juste sous la surface de l'eau. Je vais dire que… je suis tombée dessus en marchant. »

Il faisait complètement noir quand on est retournés à l'endroit où j'avais rencontré Pénélope en premier. À nous deux, nous avons transporté la statue jusqu'à la petite plage. Et ça a pris longtemps pour la mettre dans une position où Pénélope aurait pu tomber dessus par accident en marchant dans l'eau. Si jamais il y avait eu un moment où je m'étais senti comme un vrai rebelle, un vrai hors-la-loi… c'était bien ce moment-là.

Pénélope était comme un chien avec un nouvel os. Elle semblait même oublier que j'étais là.

« Penses-tu que ça pourrait venir de l'île perdue d'Atlantide ? » lui ai-je demandé.

« Quoi ? Oh… peut-être. C'est très beau, n'est-ce pas ? On n'a jamais trouvé de statue de cette taille de la période minoenne, seulement des fresques. Si c'est minoen, eh bien, peut-être que ça pourrait venir d'Atlantide. On doit la dater, bien sûr… »

Elle était perdue dans ses pensées. C'était le moment de partir. Je ne voulais pas me faire prendre. J'ai encouragé Algue à rentrer dans le sous-marin.

« Je pense qu'on va partir maintenant. »

Je n'étais même pas sûr si elle m'avait entendu. « Bonne chance ! » lui ai-je crié.

« Quoi ? Oh… Oh, bonne chance à toi aussi, Alfred ! Bonnes explorations ! Merci ! Merci beaucoup ! »

« Bienvenue. »

Je me demandais si elle avait vraiment trouvé un morceau d'Atlantide. Je savais une chose pour sûr et certain. Si le fond marin au large de Santorin était l'ancien site de l'île perdue d'Atlantide, maintenant ce n'était rien qu'un dépotoir. Et ça prendrait plus que des archéologues pour tout déterrer. J'ai vu Pénélope disparaître dans la noirceur et on s'est salués de la main une dernière fois. Je ne pouvais pas m'empêcher de me demander si elle aurait vraiment dû devenir professeure d'archéologie. Peut-être qu'elle aurait plutôt dû être chasseuse de trésors.

Chapitre vingt-huit

PARFOIS, QUAND TU ne peux pas expliquer ce qui se passe autour de toi, c'est comme si tu flottais dans un monde de rêves. Tout ce que tu pensais comprendre à propos du monde et comment ça fonctionnait est mis à l'épreuve et ça peut être un peu effrayant. Mais si tu ne laisses pas cette peur prendre le dessus, ça peut aussi être très excitant.

On avait laissé Pénélope sur son rocher, avec sa belle statue. On allait vers la Crète, à seulement 120 kilomètres vers le sud. C'était une nuit sans lune très très sombre. La noirceur en mer semble toujours plus noire que sur la terre. Mais la mer était calme et Hollie et moi on était adossés à la trappe. On regardait les étoiles, qui semblaient être plus étincelantes que dans la présence de la lune.

On allait à une vitesse de 16 nœuds quand j'ai pensé entendre un bip sur le radar. J'ai écouté pour savoir s'il y avait un deuxième bip, mais il n'y en a pas eu.

« As-tu entendu ça, Hollie ? »

Hollie m'a regardé, toujours prêt à faire plaisir.

« As-tu entendu ce bip sur le radar ? »

Il a regardé partout dans la noirceur et a reniflé l'air. J'ai bâillé.

« Bon, je suppose qu'on devrait aller jeter un coup d'œil. Ce n'est probablement rien. »

Je suis descendu dans le sous-marin, j'ai déposé Hollie et je suis allé voir l'écran du radar. Le radar a balayé son onde sur l'écran mais rien ne s'est illuminé et il n'y a eu aucun autre bip. J'ai regardé l'écran pendant quelques minutes, en bâillant, et j'étais sur le point de ressortir quand l'écran du sonar a attiré mon attention. Le fond marin entre Santorin et la Crète était profond, entre 180 et 220 mètres, mais le sonar enregistrait 90 mètres seulement.

« Ça ne peut pas être correct. »

J'ai pris mes cartes maritimes. Non, il n'y avait aucune indication d'une crête sous-marine entre Santorin et la Crète. J'ai regardé l'écran sonar et j'ai vu, émerveillé, le fond marin descendre à pic de 90 à 1900 mètres. Les chiffres ont chuté si rapidement que c'était comme si je tombais d'une montagne. J'ai saisi mes cartes maritimes et je les ai étudiées avec beaucoup d'attention.

« Non, non, il n'y a rien là. »

J'ai de nouveau regardé l'écran sonar. Le fond marin était

maintenant à 1890 mètres en-dessous de nous. Cinq minutes plus tard, il était à la même profondeur.

« Whoa ! Attends ! Qu'est-ce qui se passe ? »

J'ai arrêté le sous-marin. Hollie a aboyé et a remué la queue. Il sentait mon excitation.

« Hollie, on rebrousse chemin. Je veux encore vérifier cette profondeur. »

J'ai fait faire demi-tour au sous-marin. En surveillant le sonar, j'ai attendu pour voir diminuer la profondeur. J'ai attendu cinq minutes, puis dix, puis quinze et la profondeur du fond marin est restée la même. J'ai arrêté le sous-marin, je suis sorti et j'ai regardé tout autour. Algue était assis sur la proue du sous-marin.

« Salut, Algue. Je suis juste en train de vérifier notre profondeur. »

Algue n'a pas vu de nourriture dans mes mains alors ça lui était complètement égal.

Je suis rentré, j'ai regardé les cartes de nouveau et j'ai examiné le sonar. Le fond marin était à plus de 1,5 kilomètres de profondeur. Était-il possible que le sonar ait mal fonctionné ? Était-il possible qu'un énorme sous-marin soit passé entre nous et le fond marin à 90 mètres ? Mais cela n'expliquerait pas le mur haut comme une montagne que j'avais vu sur mon écran. J'ai haussé les épaules. J'ai démarré le moteur et je me suis assis devant l'écran pendant qu'on passait à ce même endroit encore une fois. Dix minutes plus tard, il y a eu un bip sur le radar. Il y avait quelque chose dehors, juste à côté de nous ! Je suis monté au kiosque rapidement et j'ai scruté la noirceur à la recherche d'une lumière ou quelque chose, mais il n'y avait rien. Il y a eu un autre bip sur le radar. Je me suis précipité dans le sous-marin. Le sonar indiquait une profondeur de 90 mètres. J'ai coupé le moteur. On s'est tranquillement arrêtés. Alors, à travers le hublot d'observation, j'ai aperçu une lueur bleu pâle. Il y avait de la lumière en-dessous du sous-marin ! Je suis resté bouche bée. Il y avait quelque chose de bizarre dans cette lumière.

Ce n'était pas une lumière brillante et pourtant elle scintillait comme les étoiles. Je ne me suis pas dépêché, j'étais trop abasourdi. Je suis allé au kiosque et j'ai escaladé l'échelle. Une partie de moi voulait regarder et une partie de moi voulait faire démarrer le moteur et me sauver le plus vite possible.

J'ai soulevé la tête et j'ai vu une lumière bleue étincelante dans l'eau tout autour de nous. À première vue, la lumière semblait couvrir un demi-kilomètre à la ronde. C'était une lumière bizarre. Ça ne semblait pas provenir d'un seul endroit, mais de partout. J'avais l'impression étrange que la lumière nous soulevait dans les airs en quelque sorte.

Mais non. C'était certain que l'espace occupé par la lumière était bien trop vaste pour provenir d'un objet fabriqué par des humains. Et, de toute façon, ce n'était pas vraiment une lumière, mais plutôt une luminescence. Soudain, j'ai cru savoir ce que c'était. La luminescence ! J'avais lu des articles sur ce phénomène qui était causé par un certain type d'algues. La luminescence bleue pourrait peut-être venir de milliards et de milliards d'algues minuscules, chacune émettant sa propre petite énergie luminescente.

C'était une théorie réconfortante. J'ai commencé à me calmer. La luminescence bleue était très belle à voir. C'était presqu'un miroir des étoiles. C'était la chose la plus mystérieuse que j'aie jamais vue.

Mais une luminescence n'expliquait pas le sonar. Je suis retourné dans le sous-marin et j'ai regardé l'écran : 90 mètres. C'était impossible. J'aurais voulu avoir un câble de profondeur que j'aurais pu descendre à 90 mètres pour voir si ça touchait le fond. J'ai démarré le moteur et j'ai quitté la zone de luminescence et, comme je m'éloignais, le fond marin a de nouveau chuté à 1900 mètres. La noirceur nous a enveloppés. Eh bien, au moins je pouvais dire que c'était la luminescence qui semblait causer ce bizarre changement de profondeur. Je me suis rappelé notre premier passage au-dessus de cet endroit. Le sonar avait indiqué 90 mètres, mais il n'y avait pas eu de luminescence dans l'eau. Et on n'avait pas rencontré d'endroit d'une profondeur de 90 mètres en rebroussant chemin. J'étais désorienté. Est-ce qu'on pouvait seulement voir la luminescence quand on naviguait lentement ou quand on était arrêtés ? Je me suis retourné lentement. Je m'attendais à voir cette belle luminescence bleue, mais elle n'était plus là. Le sonar révélait le fond marin à une profondeur de 1900 mètres.

« C'est fou ça ! »

Je me suis retourné et suis repassé au même endroit. Il n'y avait aucun signe de luminescence ni de changement de profondeur. Peut-être qu'on avait dérivé vers l'ouest avec le courant. J'ai de nouveau traversé l'endroit, en corrigeant légèrement la dérive latérale. Non. Rien.

Dans la dernière heure de noirceur, on avait traversé l'endroit une douzaine de fois et on n'avait rien trouvé d'autre. Je me demandais si mon imagination m'avait joué des tours. Puis, quelque chose s'est produit qui m'a donné des frissons.

Il y a eu un éclaboussement dehors et un gros bruit à la poupe comme si quelque chose de lourd venait de sortir de l'eau et s'était écrasé sur la coque du sous-marin. Puis, un pas et un autre. Je me suis immobilisé. J'ai retenu mon souffle et j'ai écouté. Tout était silencieux.

« Algue ? » ai-je crié.

L'idée qu'Algue était tout seul dehors m'a propulsé vers l'échelle. Puis quelque chose a sauté de la coque du sous-marin et a fait un autre splash dans l'eau. Je suis monté et j'ai sorti la tête du kiosque. Il n'y avait rien sur la poupe du sous-marin. Quand je me suis retourné pour regarder la proue, Algue avait disparu !

Il y avait quelque chose dans l'eau. Je pouvais le sentir. C'est un sentiment, comme si quelqu'un te regarde droit dans le visage. Et puis, je l'ai entendu. C'est venu directement vers le sous-marin, à la vitesse d'un éclair dans l'eau. Ça a sauté… et c'est passé juste au-dessus de ma tête ! C'est venu si proche que j'aurais pu sortir ma main et toucher sa queue.

Maintenant je savais ce que c'était. J'ai allumé les projecteurs sous le sous-marin et j'ai éclairé l'eau tout autour. Des dauphins ! La mer était pleine de dauphins.

J'ai souri. Les dauphins sont vraiment intelligents. Et ils aiment beaucoup jouer. Je ne pouvais pas m'empêcher de penser que les dauphins nous prenaient pour un gros dauphin artificiel, avec notre nouveau nez et coup de peinture. Peut-être qu'ils voulaient tout simplement jouer avec nous.

Hollie pleurnichait en bas de l'échelle. Il voulait monter. Je suis descendu, je l'ai pris dans mes bras et on est montés dans le kiosque. Son bedon vibrait déjà comme un petit moteur et il claquait des dents en faisant le grognement le plus faible qu'on pouvait imaginer. C'était toujours comme s'il voulait grogner mais qu'il ne voulait pas que les gens sachent qu'il le faisait. Je doutais qu'une bande de dauphins aient peur de lui.

Puis, Hollie m'a surpris. Il a aboyé. C'était une brave tentative de défendre son territoire. Il avait coutume d'aboyer quand il y avait des phoques dans la remise à bateaux. Peut-être qu'ils pensaient que ces créatures dans l'eau étaient des phoques elles aussi. Les dauphins ont commencé à lui répondre. Leurs réponses étaient comme des cris tout doux. Ils étaient aimables. Hollie a aboyé encore quelques fois et les dauphins ont de nouveau répondu.

Puis il y a eu un autre bruit, un bruit différent, mais ce n'était pas celui d'un dauphin. C'était aussi un genre de cri, mais ce n'était pas particulièrement doux ni amical. Ça provenait de plus loin. C'était un bruit étrange et effrayant.

Je n'avais jamais entendu un bruit comme ça avant.

Tenant Hollie fermement dans un bras, j'ai dirigé les projecteurs en direction du cri. Il y avait beaucoup de turbulence dans l'eau. Des silhouettes de dauphins zigzaguaient devant les projecteurs, mais on avait du mal à voir quelque chose d'autre. Soudain, un dauphin a volé dans les airs par-dessus nos têtes. De l'eau nous a éclaboussés. J'ai saisi les projecteurs et je les ai redirigés là où ils étaient avant. En décrivant un arc dans l'eau, les projecteurs sont passés par-dessus quelque chose d'incroyable. Je l'ai vu, mais j'avais du mal à le croire…

Mes yeux me jouaient des tours. J'ai de nouveau changé la direction des projecteurs. Quatre ou cinq dauphins se dirigeaient vers nous à toute vitesse. Ils sautaient hors de l'eau et accéléraient. Je n'arrivais pas à coordonner les projecteurs assez bien pour suivre tous les dauphins qui passaient par-dessus le sous-marin et quelque chose était sur le dos d'un des dauphins. Mais ça ne pouvait pas être ce que je pensais voir… Ça ressemblait à un petit garçon.

Mes pensées allaient à 100 miles à l'heure. Je savais ce que Saba me dirait parce qu'elle croyait aux sirènes. Eh bien, je ne pouvais pas croire qu'il s'agissait d'un jeune garçon sur le dos d'un dauphin, alors j'ai pensé à ce que ça pouvait bien être d'autre.

Les dauphins, tout comme les poissons, courent toujours le risque de nager parmi les déchets dans l'eau : des anneaux en plastique et des trucs comme ça. Parfois ils se prennent dans ces déchets et ils se noient, ce qui est très triste. Parfois, ils arrivent à s'en tirer et nagent avec les déchets attachés à leur corps pour le restant de leur vie ou, parfois tristement, les déchets les étranglent lentement. Est-ce que c'était ça que j'avais vu ? Était-ce un morceau de plastique entourant le corps d'un dauphin qui ressemblait à un petit garçon ?

C'était une bonne réponse. Une réponse logique. Je me sentais mieux. Mais il y avait quelque chose qui me dérangeait toujours. Et je savais ce que c'était.

La noirceur s'atténuait. L'eau est devenue calme. La bande de dauphins avait quitté les environs aussi vite qu'elle était apparue. J'ai cherché Algue dans le ciel, mais il faisait encore trop noir pour le voir. Puis, j'ai vu quelque chose sur la poupe du sous-marin, quelque chose de petit. J'ai déposé Hollie. J'ai attaché mon harnais et je suis monté sur la poupe. J'ai ramassé l'objet. C'était une petite branche d'olivier. Il y avait trois feuilles sur la branche. Comme c'était bizarre. Puis, Algue s'est laissé tomber du ciel.

« Salut, Algue. As-tu laissé tomber cette branche ? »

Il a secoué son bec. Il l'avait probablement laissé tomber. Il adorait ramasser des choses à la surface de l'eau et les laisser tomber sur le sous-marin. J'ai scruté les alentours. Une question me brûlait de l'intérieur, une question qui voulait sortir. Je voulais crier cette question haut et fort à la mer tout autour de nous. Et cependant, je ne pouvais même pas la prononcer à voix haute. J'avais peur. Mais je pouvais penser à cette question…

Est-ce qu'on était arrivés à l'île perdue d'Atlantide ?

Chapitre vingt-neuf

LA PREMIÈRE PERSONNE que j'ai vue sur l'île de Crète se tenait comme un géant sur le quai. Il avait une grosse tête avec plein de cheveux laineux, des épaules et des bras énormes et il avait l'air de pouvoir vaincre un taureau au combat. Il avait dû intimider les gens du coin juste en traversant leurs villages. Si on était dans les temps anciens, je suis sûr qu'on aurait écrit une ou deux légendes à son sujet. C'était bien sûr Ziegfried.

J'étais tout ému en le voyant; je ne pouvais pas m'en empêcher. Il avait l'air un peu différent, habillé comme un touriste, avec l'air d'être sur la défensive, comme s'il disait: « Ne me dérange pas ! » Personne n'oserait. De ça, j'en étais sûr. Mais, si tu le regardais de près, son t-shirt révélait un autre côté de sa personnalité, que j'avais appris à si bien connaître. Sur le devant du t-shirt, il y avait la photo d'un chiot et d'un chaton, que Saba lui avait sans doute donné et qu'il porterait donc sans question. Sous la photo, il y avait, écrits en noir, les mots : « Espèces en voie de disparition ! ». J'ai bien rigolé.

« Al ! » a-t-il crié et il m'a enveloppé dans un de ses gros câlins. Ensuite, il n'a pas pu parler pendant quelques minutes parce qu'il était trop ému. Puis, quand il a ramassé Hollie, il a vraiment commencé à pleurer à chaudes larmes. Il a regardé le ciel avec un air interrogateur.

« Il est ici à quelque part » lui ai-je dit, en essuyant mon visage. Selon moi, ça c'était assez de larmes pour deux hommes.

On est descendus du quai et on a longé la plage. Il y avait des montagnes majestueuses aux sommets enneigés qui dominaient des forêts vertes et luxuriantes, des oliviers et des orangers. C'était semi-tropical.

« Où as-tu caché le sous-marin ? »

« Derrière un rocher du côté nord-ouest de l'île. On a nagé jusqu'à l'île principale. »

« Vous avez nagé ? Pourquoi vous n'avez pas pris le bateau pneumatique ? »

« Hmmm... ça, c'est une longue histoire. »

« Je n'en doute pas. Raconte-moi tous les détails. Je veux tout entendre. »

J'étais un peu nerveux de tout raconter à Ziegfried. D'habitude, je ne lui racontais pas tout, j'omettais les parties dangereuses, comme les pirates qui nous avaient tiré dessus. J'avais peur que si je lui disais à quel point c'était dangereux parfois, il ne voudrait pas que je continue.

Cependant, en nous promenant ensemble sur la plage en Crète, et en me faisant traiter avec tellement de respect, comme il me traitait tout le temps… je savais que j'avais une obligation de lui raconter l'histoire au complet. Et donc, je lui ai raconté toute l'histoire sans rien omettre.

On a marché sur toute la longueur de la plage, à travers un brise-lames et jusqu'au bout d'une autre longue plage. Ziegfried m'a écouté sans m'interrompre, à moins d'avoir besoin que je lui répète quelque chose. Quand j'ai eu fini de raconter mon histoire, il est resté silencieux bien longtemps. J'ai attendu anxieusement. Je me demandais ce qu'il allait dire. Il m'a surpris.

« Tes grands-parents t'embrassent », m'a-t-il dit.

« Oh, merci. »

« Saba aussi, bien sûr. »

« Merci. »

Il a ramassé une pierre plate et l'a fait sauter à la surface de l'eau. La pierre a sauté environ 12 fois avant de couler. Je n'avais aucune idée qu'il savait comment faire des ricochets.

« Alors… que penses-tu de mon histoire ? »

Il a respiré profondément et a poussé un grand soupir.

« Tu mènes une vie dangereuse, Al. »

J'ai haussé les épaules. « Ce n'est pas si dangereux que ça. »

« Tu es un rebelle, Al, un hors-la-loi. Ça, c'est une vie dangereuse. »

« Je ne veux pas être un rebelle ni un hors-la-loi. Je veux tout simplement explorer. C'est juste que… »

J'ai regardé Ziegfried. Il essayait de retirer un bâton de la bouche de Hollie. Hollie aurait défendu son bâton contre n'importe quoi ou n'importe qui, même contre Ziegfried. Il a soulevé Hollie dans les airs et, même à ça, il refusait de lâcher le bâton.

« Oui, je suppose que c'est vrai. »

« Il y a des conséquences à tout, Al. Du moment que tu es prêt à assumer les conséquences de tes actions et que tu ne fais de mal à personne, tu peux faire ce que tu veux dans la vie. »

« Je suis prêt à assumer les conséquences. »

« Je sais que tu es prêt, Al. C'est ça qui fait de toi un homme. »

J'aimais bien sa réponse. Et pourtant, je n'avais jamais eu autant de doutes que maintenant, compte tenu des événements de l'autre soir.

« Alors que penses-tu de ce que j'ai vu ? »

Ziegfried s'est retourné et m'a regardé avec le même regard légèrement peiné que moi j'avais eu. Le regard de quelqu'un qui ne voulait pas croire à quelque chose de complètement fou, mais qui ne savait pas quoi penser.

« Je ne sais pas, Al. Ta théorie de plastique enroulé autour du dauphin était plausible. Et la phosphorescence aussi. Ces choses-là se produisent vraiment. Peut-être que la phosphorescence était responsable de la variation dans la profondeur. »

« Et les cris stridents insupportables ? »

« Peut-être que ce même dauphin faisait un son différent à cause de l'étranglement causé par le plastique. »

Cela me semblait être une explication raisonnable aussi. Et pourtant, j'avais les frissons en me rappelant ce son. Saba avait décrit les chants des sirènes exactement comme ça. Et Régis aussi. Et mes efforts pour me convaincre que ce que j'avais vu était du plastique et pas un petit garçon étaient vains.

« Mais comment est-ce que je peux expliquer tout ça au même moment, au même endroit ? »

« Eh bien, tu peux appeler ça une coïncidence, je suppose. Peut-être que les dauphins étaient aussi émerveillés par la phosphorescence que toi. »

« Oui, ça, c'est logique. »

Plus je parlais avec Ziegfried, plus je commençais à penser que je n'étais pas dans les environs d'Atlantide, au moins pas dans les environs d'une Atlantide vivante. Pourtant, je savais que si j'avais parlé avec Saba, les conclusions auraient été complètement différentes. Cela viendrait plus tard.

Mais cela n'était pas la fin de l'histoire. On a loué une voiture et on est allés au palais du roi Minos, un centre important de la culture minoenne. Il avait été détruit par des tremblements de terre et par des volcans et était en ruines depuis des milliers d'années. Les archéologues le reconstruisaient depuis presque cent ans. Le palais lui-même était un labyrinthe. Ziegfried ne pouvait pas le comprendre puisque le palais avait été construit sans symétrie. On a parcouru le palais pendant des heures et il est devenu très animé.

« Il faut comprendre, Al, la symétrie est comme une religion en architecture. Si on regarde les anciens temples ailleurs dans le monde, ils sont tous équilibrés comme une hache à deux lames ! Il n'y a pas de symétrie ici ! Aucune ! C'est incroyable ! »

J'ai fait un sourire. Ziegfried pouvait m'expliquer toutes les choses incroyables que j'avais vues, mais il était en mal d'inspiration sur la manière dont un bâtiment avait été assemblé. Cependant, il y avait quelque chose qui nous attendait autour du coin. On a tourné… et on a vu les fresques.

« Oh ! »

C'étaient de grands tableaux colorés à même les murs en pierre. Les gens, les anciens Minoens, étaient très beaux, tout comme la statue que Pénélope avait trouvée. Ils étaient grands et élégants, bien habillés ; des gens qui avaient l'air intelligents. Il y avait quelque chose d'étrangement moderne dans leur apparence. Puis on a vu une fresque d'un grand taureau, par-dessus lequel sautaient des athlètes. Et puis on a vu des fresques de dauphins. Et il y avait des gens qui nageaient avec les dauphins et… il y avait même des gens sur le dos des dauphins.

On a regardé ces fresques pendant longtemps sans échanger un seul mot. Même Hollie a regardé et a grogné un peu. Je savais que Ziegfried essayait de trouver la logique dans tout cela. Finalement, il a brisé le silence.

« Eh bien… les gens nagent bien avec des dauphins dans les aquariums, n'est-ce pas ? »

« Ouais. »

Et c'était vrai.

Épilogue

SI ATLANTIDE FAISAIT partie de la civilisation minoenne, ce que je croyais être le cas, j'avais maintenant une meilleure idée de la raison pour laquelle les gens en parlaient toujours. C'était une civilisation incroyable pour commencer. Ils étaient si avancés qu'ils avaient même l'eau courante, chaude et froide, et des chasses d'eau pour leurs toilettes... il y a quatre mille ans !

Ils avaient une perspective unique et rare sur le monde. Par exemple, ils ne construisaient jamais de murs pour protéger leurs villes contre les envahisseurs. Pourquoi ? Avaient-ils une arme secrète ? Est-ce qu'ils savaient quelque chose que leurs ennemis ne savaient pas ? Certains spécialistes ont suggéré que les habitants d'Atlantide savaient que des catastrophes terribles s'en venaient et qu'ils s'étaient préparés en développant un mode de vie sous l'eau sous une bulle géante, ou même en acquérant des branchies !

J'ai ri en lisant cela, mais j'étais choqué quand Ziegfried n'a pas ri. Ce n'était pas aussi farfelu que ça semblait, a-t-il dit. Les branchies et les poumons fonctionnent essentiellement de la même façon. Ils isolent les molécules d'oxygène et les pompent dans le sang. Les poumons retirent l'oxygène de l'air ; les branchies le retirent de l'eau. C'était même possible de respirer sous l'eau avec des poumons, a-t-il dit, si on pouvait trouver une façon de saturer l'eau avec assez d'oxygène.

Ça me semblait un peu fou comme idée, mais atterrir sur la Lune avait aussi semblé fou, je suppose, avant que quelqu'un ne le fasse. On a de nos jours des poumons artificiels, a dit Ziegfried, et des transplantations d'organes, des bébés conçus en éprouvettes, le clonage et toutes sortes de choses bizarres. Que feraient nos scientifiques modernes s'ils devaient se préparer à l'écrasement d'un météore géant sur la Terre ? Oh là là !

Mais est-ce que ça voulait dire que je devais maintenant croire aux sirènes et aux enfants qui montent sur le dos des dauphins ? Absolument pas. Pas encore. Mais je comprenais un peu mieux les paroles de Régis, que plus il passait du temps en mer, plus il sentait qu'il n'était pas seul. Tout de même, Atlantide avait été perdue il y a des milliers d'années. J'avais seulement quinze ans. Je venais à peine de commencer mes aventures.

On a passé quelques semaines à explorer la Crète. On a visité des temples, des monastères, des musées, des grottes, des marchés, des villages et des dépotoirs. On a fait des randonnées dans les montagnes et on s'est baignés dans la mer. Le dernier jour, on a acheté de la nourriture pour le sous-marin, de la corde et un nouveau bateau pneumatique. On s'est dit au revoir à la tombée de la nuit sur un rocher isolé et Ziegfried est parti prendre le traversier pour retourner à Athènes.

J'ai ramassé Hollie et on est descendus dans le sous-marin. On a plongé au niveau du périscope. On a attendu le traversier et on l'a suivi. À quelques kilomètres de la côte, on est remontés à la surface derrière le navire. Peu importe si quelqu'un nous voyait, je savais que Ziegfried nous chercherait. Je suis monté sur le kiosque et je l'ai salué de la main. Ziegfried m'a aussi salué de la main et m'a fait un salut militaire. On se rencontrerait dans quelques mois chez Saba, mais pour le moment mon voyage continuait.

Debout sur le kiosque, j'ai remarqué une fillette à côté de Ziegfried. Elle aussi m'a salué de la main. Elle nous avait vus. Puis Algue est descendu en pic du ciel, a picoté la trappe avec son bec et il est rentré dans le sous-marin. Je me demandais ce que pensait la petite fille de ce qu'elle voyait. Est-ce que ça changerait sa façon de voir le monde ?

Le radar a fait un bip. Je suis entré. Deux vaisseaux s'en venaient vers nous depuis la côte.

« C'est l'heure de partir, les amis ! » ai-je dit à l'équipage.

J'ai fermé la trappe, j'ai plongé à 60 mètres… et on a disparu sous les vagues.

À PROPOS DE L'AUTEUR

Philip Roy habite à Brockville, en Ontario, avec sa famille et son chat de dix-sept ans. Il continue d'y écrire sa série « Un rebelle en sous-marin », composée de romans d'aventures pour les jeunes ados, et basée sur l'histoire autour des thématiques sociales, environnementales et globales. Le premier volume, qui porte le nom de la série, a été publié en 2017 et sera suivi par sept volumes, incluant *L'île perdue d'Atlantide*. Philip est aussi heureux d'avoir écrit *Youpi en vacances*, son quatrième livre dans la série pour enfants « Youpi, la souris dans ma poche » (illustrée par Andrea Torrey Balsara), qui paraîtra à l'automne 2020. En conjonction avec son écriture, ses voyages, courir, composer de la musique et créer de l'art populaire avec des matériaux recyclés, Philip aime passer son temps avec sa famille grandissante. Rencontrez Philip à www.philiproy.ca.

MARQUIS

Québec, Canada